Ayer

Agota Kristof
Ayer

Traducción de Ana Herrera

LIBROS del Asteroide

Primera edición en Libros del Asteroide, 2021
Título original: *Hier*

Copyright © Éditions du Seuil, 1995

© de la traducción, Ana Herrera, 2009, 2021
© de esta edición, Libros del Asteroide S.L.U.

Imagen de cubierta: © Mark Owen / Arcangel
Fotografía de la autora: © Ulf Andersen

Publicado por Libros del Asteroide S.L.U.
Avió Plus Ultra, 23
08017 Barcelona
España
www.librosdelasteroide.com

ISBN: 978-84-17977-82-5
Depósito legal: B. 14057-2021
Impreso por Liberdúplex
Impreso en España - Printed in Spain
Diseño de colección: Enric Jardí
Diseño de cubierta: Duró

Este libro ha sido impreso con un papel ahuesado, neutro y satinado de ochenta
gramos, procedente de bosques certificados FSC® bien manejados, materiales
reciclados y otras fuentes controladas, con celulosa 100 % libre de cloro,
y ha sido compaginado con la tipografía Sabon en cuerpo 11,5.

Índice

La huida   11

La mentira   21

Pienso   35

El pájaro muerto   51

Ellos   57

La lluvia   87

Los viajeros del barco   105

Ayer todo era más bello
la música en los árboles
el viento en mi pelo
y en tus manos tendidas
el sol

La huida

Ayer soplaba un viento conocido. Un viento que ya me había encontrado.

Era una primavera precoz. Iba andando al viento con paso decidido, rápido, como todas las mañanas. Sin embargo, tenía ganas de volver a la cama y acostarme, inmóvil, sin pensamiento alguno, sin deseo alguno, y quedarme allí acostado hasta que sintiera aproximarse esa cosa que no es ni voz, ni gusto, ni olor, tan solo un recuerdo muy vago, venido de más allá de los límites de la memoria.

Lentamente, se abrió la puerta y mis manos colgantes tocaron con espanto los pelos sedosos y suaves del tigre.

—Música —dijo—. ¡Toca algo! Al violín o al piano. Mejor al piano. ¡Toca!

—No sé tocar —respondí yo—. No he tocado el piano en toda mi vida, no tengo piano y no lo he tenido nunca.

—¿En toda tu vida? ¡Qué tontería! ¡Venga, ve a la ventana y toca!

Frente a mi ventana había un bosque. Veía a los

pájaros reunirse en las ramas para escuchar la música. Veía a los pájaros. Con la cabecita inclinada y los ojos fijos que miraban a algún sitio a través de mí.

Mi música era cada vez más fuerte. Se volvía insoportable.

Un pájaro cayó muerto de una rama.

La música cesó.

Me di la vuelta.

Sentado en medio de la habitación, el tigre sonreía.

—Ya basta por hoy —dijo—. Tendrías que practicar más a menudo.

—Sí, te lo prometo, practicaré. Pero espero visitas, ya me entiende, por favor. A ellos les podría parecer un poco rara tu presencia aquí, en mi casa.

—Por supuesto —respondió, bostezando.

Con pasos mullidos, atravesó la puerta, que cerré con doble vuelta de llave tras él.

—Hasta la vista —me dijo.

Line me esperaba en la puerta de la fábrica, apoyada en la pared. Estaba tan pálida y triste que decidí pararme a hablar con ella. Sin embargo, pasé de largo, sin volver la cabeza siquiera en su dirección.

Un poco más tarde, cuando ya había puesto en marcha la máquina, se me acercó.

—¿Sabes?, es raro. No te he visto reír nunca. Te conozco desde hace años. Y en todos estos años que hace que te conozco, no te has reído ni una sola vez.

La miré y solté una carcajada.

—Prefiero que no lo hagas —dijo ella entonces.

En aquel momento sentí una viva inquietud y me asomé a la ventana para ver si seguía soplando el viento. El movimiento de los árboles me tranquilizó.

Cuando me volví, Line había desaparecido. Entonces le dije:

—Line, te quiero. Te quiero muchísimo, Line, pero no tengo tiempo de pensar en ello, tengo que pensar en tantas cosas, ese viento, por ejemplo, tendría que salir ahora y pasear al viento. No contigo, Line, no te ofendas. Pasear al viento es algo que se debe hacer solo, porque hay un tigre y un piano cuya música mata a los pájaros y el miedo solo se puede ahuyentar con el viento, ya se sabe, hace muchísimo tiempo que lo sé.

Las máquinas tocaban el ángelus a mi alrededor.

Recorrí el pasillo. La puerta estaba abierta.

Esa puerta siempre estaba abierta y, sin embargo, nunca intenté salir por esa puerta.

¿Por qué?

El viento barría las calles. Esas calles vacías me parecían extrañas. No las había visto nunca por la mañana de un día laborable.

Más tarde me senté en un banco de piedra y me eché a llorar.

Por la tarde hacía sol. Unas nubecillas corrían por el cielo y la temperatura era muy suave.

Entré en una cafetería, tenía hambre. El camarero me puso delante una fuente con bocadillos.

Me dije:

—Ahora tienes que volver a la fábrica. Debes volver,

no tienes motivo alguno para dejar de trabajar. Sí, ahora mismo vuelvo.

Me eché a llorar de nuevo y me di cuenta de que me había comido todos los bocadillos.

Cogí el autobús para llegar antes. Eran las tres de la tarde. Aún podía trabajar dos horas y media.

El cielo se había encapotado.

Cuando el autobús pasó por delante de la fábrica, el revisor me miró. Más adelante me tocó el hombro.

—Es la última parada, señor.

El lugar donde bajé era una especie de parque. Unos árboles, unas casas. Cuando me interné en el bosque ya era noche cerrada.

La lluvia arreciaba, mezclada con nieve. El viento me golpeaba el rostro con furia. Pero era él, el mismo viento.

Yo andaba cada vez más deprisa hacia una cumbre.

Cerré los ojos. De todos modos, no veía nada. A cada paso me golpeaba con un árbol.

—¡Agua!

Alguien había gritado por encima de mí, a lo lejos.

Era ridículo, había agua por todas partes.

Yo también tenía sed. Eché la cabeza hacia atrás y, con los brazos separados, me dejé caer. Hundí el rostro en el barro frío y ya no me moví más.

Así fue como me morí.

Pronto mi cuerpo se confundió con la tierra.

Naturalmente, no estoy muerto. Un paseante me encontró echado en el barro, en pleno bosque. Llamó a una ambulancia, me llevaron al hospital. Ni siquiera estaba congelado, solo empapado. Simplemente había dormido una noche en el bosque.

No, no estaba muerto, solo tenía una bronconeumonía casi mortal. Tuve que quedarme seis semanas en el hospital. Cuando me curé de la enfermedad de los pulmones me trasladaron al pabellón psiquiátrico, porque había intentado suicidarme.

Estaba contento de seguir en el hospital, porque no quería volver a la fábrica. Me encontraba bien, me cuidaban, podía dormir. Podía elegir la comida entre varios menús. Incluso podía fumar en el saloncito. Cuando hablaba con el médico, también podía fumar.

—No podemos escribir nuestra propia muerte.

Fue el psiquiatra quien me dijo aquello, y estoy de acuerdo con él, porque cuando se está muerto, ya no se puede escribir. Pero yo creo que puedo escribir lo que me dé la gana, aunque sea imposible, aunque no sea verdad.

En general, me contento con escribir dentro de mi cabeza. Es más fácil. En la cabeza, todo se desarrolla sin dificultad. Pero, en cuanto se escribe, los pensamientos se transforman, se deforman, y todo se vuelve falso. A causa de las palabras.

Escribo allá donde voy. Escribo caminando hacia el autobús, escribo en el autobús, escribo en el vestuario de hombres, delante de mi máquina.

El problema es que no escribo lo que tendría que escribir, sino que escribo cualquier cosa, cosas que nadie puede comprender y que yo mismo no comprendo tampoco. Por la noche, cuando transcribo lo que he escrito en mi cabeza a lo largo del día, me pregunto por qué habré escrito todo eso. ¿Para quién y por qué?

El psiquiatra me pregunta:

—¿Quién es Line?

—Line es un personaje inventado. No existe.

—¿Y el tigre, el piano, los pájaros?

—Son pesadillas, nada más.

—¿Intentó suicidarse a causa de sus pesadillas?

—Si realmente hubiera querido suicidarme, ya estaría muerto. Solo quería descansar. No podía seguir con mi vida así, la fábrica y todo lo demás, la ausencia de Line, la ausencia de esperanza. Levantarse a las cinco de la mañana, caminar, correr por la calle para coger el autobús, cuarenta minutos de trayecto, la llegada al cuarto pueblo, entre los muros de la fábrica. Correr a ponerse la bata gris, fichar amontonándose ante el reloj, correr hacia la máquina, ponerla en marcha, hacer el agujero lo más deprisa posible, perforar, perforar, siempre el mismo agujero en la misma pieza, diez mil veces al día si es posible, de esa velocidad depende nuestro salario, nuestra vida.

El médico dijo:

—Es la condición obrera. Debería estar contento de tener trabajo. Hay mucha gente en paro. En cuanto a Line... Una chica rubia muy guapa viene a verle todos los días. ¿No se llamará Line?

—No, es Yolande, no se llama ni se llamará nunca Line. Sé que no es Line. No es Line, es Yolande. Qué nombre más ridículo, ¿verdad? Y es tan ridícula como su nombre. Con su pelo teñido de rubio, recogido en lo alto de la cabeza, las uñas pintadas de rosa, largas como garras, los tacones de aguja de diez centímetros. Yolande es muy muy bajita, señor, así que lleva zapatos con tacones de diez centímetros y un peinado ridículo.

El médico se ríe.

—Entonces ¿por qué sigue viéndola?

—Porque no tengo a nadie más. Y porque no me apetece cambiar. Hubo una época en la que cambié tanto que ahora estoy cansado. De todos modos, siempre es lo mismo, ¿qué más da una Yolande que otra? Voy a su casa una vez por semana. Ella cocina y yo llevo el vino. Entre nosotros no hay amor.

El médico dice:

—Por su parte quizá no. Pero ¿qué sabe usted de los sentimientos de ella?

—No quiero saber nada. Seguiré viéndola hasta que llegue Line.

—¿Todavía cree en ella?

—Claro. Sé que existe en alguna parte. Siempre he sabido que no había venido al mundo más que para conocerla. Y ella igual. Ella no ha venido al mundo más que para conocerme a mí. Se llama Line, es mi mujer, mi amor, mi vida. No la he visto nunca.

A Yolande la conocí cuando fui a comprarme unos calcetines. Negros, grises y blancos de tenis. Yo no juego al tenis.

A Yolande la encontré muy guapa la primera vez. Graciosa. Inclinaba la cabeza al enseñarme los calcetines, sonreía, casi bailaba.

Pagué los calcetines y le pregunté:

— ¿Podríamos vernos en otro sitio?

Se echó a reír tontamente, pero su tontería no me importaba. Solo su cuerpo.

—Espérame ahí enfrente, en el café. Acabo a las cinco.

Compré una botella de vino y luego me quedé esperando en el café de enfrente con los calcetines en una bolsa de plástico.

Llegó Yolande. Nos tomamos un café y después fuimos a su casa.

Cocina bien.

Yolande puede parecer guapa a quien no la haya visto al despertarse.

Entonces no es más que una cosita pequeña y arrugada, con el pelo lacio, el maquillaje corrido, unas ojeras inmensas de rímel alrededor de los ojos.

La observo mientras va a ducharse: tiene las piernas flacas y casi nada de nalgas y pechos.

Se pasa al menos una hora en el cuarto de baño. Cuando sale, vuelve a ser la Yolande guapa y fresca, bien peinada, bien maquillada, encaramada a sus tacones de diez centímetros. Sonriente. Riendo tontamente.

Por lo general, vuelvo a casa tarde la noche del sábado, pero a veces me quedo hasta la mañana del domingo. Entonces también desayuno con ella.

Va a buscar cruasanes a la panadería que abre los domingos, a veinte minutos andando de su casa. Prepara café.

Comemos. Después vuelvo a casa.

¿Qué hace Yolande los domingos cuando me marcho? No lo sé. No se lo he preguntado nunca.

La mentira

De todas mis mentiras, esta es la más divertida: cuando te conté las ganas que tenía de volver a mi país.

Tú parpadeabas, enternecida, y te aclarabas la voz buscando palabras reconfortantes y comprensivas. No te atreviste a reír en toda la velada. Valió la pena contarte aquella historia.

Cuando regresé a casa, encendí las lámparas en todas las habitaciones y me planté ante el espejo. Me miré hasta que mi imagen se volvió borrosa e irreconocible.

Anduve por mi cuarto durante horas. Mis libros estaban tendidos sin vida sobre la mesa y los estantes, la cama estaba fría, demasiado limpia, no debía acostarme.

Se acercaba el amanecer y las ventanas de las casas de enfrente estaban todas negras.

Comprobé varias veces que la puerta estuviese cerrada, luego intenté pensar en ti para conciliar el sueño, pero no eras más que una imagen gris, huidiza, como el resto de mis recuerdos.

Como las montañas negras que atravesé una noche

de invierno, como el cuarto de la granja destartalada donde me desperté una mañana, como la fábrica moderna donde llevo trabajando diez años, como un paisaje demasiado visto que uno ya no tiene ganas de contemplar.

Al cabo de poco no me quedó ya nada en lo que pensar, solo me quedaron algunas cosas en las que no quería pensar. Me habría gustado llorar un poco, pero no podía, porque no tenía ningún motivo para hacerlo.

El médico me pregunta:

—¿Por qué eligió el nombre de «Line» para la mujer a la que espera?

Le digo:

—Porque mi madre se llamaba Lina y yo la quería mucho. Tenía diez años cuando se murió.

Me dice:

—Hábleme de su infancia.

Me lo esperaba. ¡Mi infancia! A todo el mundo le interesa mi infancia.

Logré zafarme de sus preguntas estúpidas. Tenía la infancia bien preparada para cada ocasión, mi mentira estaba a punto. Ya la he utilizado varias veces. Se la conté a Yolande, a mis pocos amigos y conocidos, y es la misma historia que le contaré a Line.

Soy huérfano de guerra. Mis padres murieron en los bombardeos. Soy el único superviviente de la familia. No tengo hermanas ni hermanos.

Me crie en un orfanato, como tantos otros niños en aquella época. A los doce años, hui del orfanato y atravesé la frontera. Eso es todo.

—¿Eso es todo?

—Sí, eso es todo.

¡No voy a contarle mi verdadera infancia!

Nací en un pueblo sin nombre, en un país sin importancia.

Mi madre, Esther, mendigaba por el pueblo y se acostaba con hombres, con campesinos que le daban harina, maíz y leche. También robaba en campos y jardines frutos, verduras, a veces incluso un pollo o un pato pequeño en el corral de una granja.

Cuando los campesinos mataban un cerdo, le guardaban a mi madre las peores tajadas, las tripas y no sé qué más, todo lo que la gente del pueblo no se quería comer.

Para nosotros, todo estaba bueno.

Mi madre era la ladrona, la mendiga, la puta del pueblo.

Yo estaba sentado delante de la casa, jugaba con la tierra arcillosa, la amasaba, formaba inmensos falos, pechos, nalgas. Con arcilla roja esculpía también el cuerpo de mi madre, en el que hundía mis dedos de niño y formaba agujeros. La boca, la nariz, los ojos, las orejas, el sexo, el ano, el ombligo.

Mi madre estaba llena de agujeros, como nuestra casa, mi ropa, mis zapatos. Yo taponaba los agujeros de mis zapatos con barro.

Vivía en el corral.

Cuando tenía hambre, o sueño, o frío, entraba en casa, encontraba algo que comer, unas patatas asadas, maíz cocido, cuajada, a veces pan, y me echaba en el jergón al lado de los fogones.

La mayor parte del tiempo, la puerta de la habitación estaba abierta para que entrase el calor de la cocina. Yo veía y oía todo lo que ocurría allí.

Mi madre iba a la cocina a lavarse el trasero en un cubo, se secaba con un trapo, volvía a dormir. No me hablaba casi nunca y jamás me dio un beso.

Lo más asombroso es que fui hijo único. Aún me pregunto cómo pudo librarse mi madre de los demás embarazos, y por qué me «conservó» a mí. Quizá fui su primer «accidente». Solo nos llevamos diecisiete años. Tal vez aprendió enseguida lo que había que hacer para no llenarse de críos y sobrevivir.

Recuerdo que a veces se pasaba varios días seguidos en la cama y que todos los trapos estaban manchados de sangre.

Desde luego, todo aquello no me preocupaba. Incluso puedo decir que tuve una infancia feliz, porque no sabía que existieran otras infancias.

Yo no iba nunca al pueblo. Vivíamos junto al cementerio, en la última calle del pueblo, en la última casa. Yo era feliz jugando en el corral, con el barro. A veces el cielo estaba bonito, pero también me gustaba el viento, la lluvia, las nubes. La lluvia me pegaba el pelo a la frente, me entraba por el cuello, se me metía en los ojos. El viento me secaba el pelo, me acariciaba el rostro. Los monstruos escondidos en las nubes me hablaban de países desconocidos.

En invierno, todo era más duro. También me gustaban los copos de nieve, pero no aguantaba demasiado tiempo fuera. No tenía ropa de abrigo y enseguida cogía frío, sobre todo en los pies.

Por suerte, en la cocina siempre hacía calor. Mi

madre recogía boñigas de vaca, ramas secas y desechos para hacer fuego. No le gustaba pasar frío.

A veces, al salir de la habitación, un hombre venía a la cocina. Me miraba mucho rato, me acariciaba el pelo, me besaba la frente, me apretaba las manos contra sus mejillas.

A mí no me gustaba, le tenía miedo, temblaba. Pero no tenía valor para rechazarle.

Venía a menudo. Y no era un campesino.

Los campesinos no me daban miedo, los odiaba, los despreciaba, me daban asco.

Aquel hombre, el que me acariciaba el pelo, volví a encontrármelo en la escuela.

Solo había una escuela en el pueblo. El maestro daba clase a los alumnos de todos los niveles, hasta sexto.

Para el primer día de colegio, mi madre me lavó, me vistió y me cortó el pelo. Incluso ella se vistió como pudo. Me acompañó a la escuela. Apenas tenía veintitrés años y era hermosa, la mujer más guapa de todo el pueblo, y yo me avergonzaba de ella.

Me dijo:

—No tengas miedo. El maestro es muy amable. Y ya le conoces.

Entré en clase y me senté en primera fila. Justo delante del pupitre del maestro. Esperé. A mi lado se sentó una niña bastante feúcha, pálida y flaca, con trenzas a ambos lados de la cara. Me miró y me dijo:

—Llevas la chaqueta de mi hermano. Y sus zapatos también. ¿Cómo te llamas? Yo me llamo Caroline.

El maestro entró y le reconocí.

Caroline dijo:

—Es mi padre. Y allí detrás está mi hermano mayor,

con los mayores. Y en casa tengo un hermano pequeño, que solo tiene tres años. Mi padre se llama Sándor
y aquí manda él. ¿Cómo se llama tu padre? ¿Qué
hace? Supongo que es campesino. Aquí solo hay campesinos, aparte de mi padre.

Le dije:

—No tengo padre. Murió.

—¡Vaya, qué lástima! No me gustaría que mi padre
estuviera muerto. Pero hay guerra y pronto se morirá
mucha gente. Sobre todo hombres.

Le dije:

—No sabía que había guerra. Pero igual eres una
mentirosa.

—No, no soy una mentirosa. Se oye hablar de la
guerra todos los días en la radio.

—Yo no tengo radio. Y además no sé lo que es.

—¡Pero qué tonto eres! ¿Cómo te llamas?

—Tobías. Tobías Horvath.

Se echó a reír.

—Tobías es un nombre raro. Mi abuelo se llama
Tobías, pero es viejo. ¿Por qué no te han puesto un
nombre normal?

—No lo sé. Para mí Tobías es un nombre normal.
Caroline tampoco me parece un nombre bonito.

—Tienes razón. A mí no me gusta mi nombre. Llá-
mame Line, como todo el mundo.

El maestro dijo:

—Dejad de parlotear, niños.

Line aún cuchicheó:

—¿En qué clase estás?

—En primero.

—Yo también.

El maestro repartió la lista de libros y cuadernos que había que comprar.

Los niños volvieron a su casa. Yo me quedé solo en la clase. El maestro me preguntó:

—¿Tienes algún problema, Tobías?

—Sí. Mi madre no sabe leer y no tenemos dinero.

—Ya lo sé. No te preocupes. Mañana por la mañana tendrás todo lo necesario. Vuelve a casa tranquilamente. Iré a verte esta noche.

Y sí que vino. Se encerró en la habitación con mi madre. Era el único que cerraba la puerta cuando se follaba a mi madre.

Me dormí en la cocina, como de costumbre.

Al día siguiente, en el colegio, encontré todo lo que necesitaba en mi sitio. Libros, cuadernos, lápices, plumas, goma, papel.

Aquel día, el maestro dijo que Line y yo no podíamos seguir sentándonos juntos porque hablábamos demasiado. Hizo sentar a Line en medio de la clase, rodeada de niñas, y allí hablaba mucho más que antes todavía. Yo estaba solo frente al pupitre.

Durante el recreo, los «mayores» intentaron molestarme. Gritaban:

—¡Tobías, hijo de puta, hijo de Esther!

El maestro intervino, dando un grito:

—¡Dejad tranquilo al pequeño! El que lo toque se las verá conmigo.

Todos se echaron atrás y agacharon la cabeza.

Durante el recreo, solo se me acercaba Line. Me daba la mitad de su bocadillo o de sus galletas. Decía:

—Mis padres me han dicho que hay que ser amable contigo porque eres pobre y no tienes padre.

Yo habría querido rechazar el bocadillo y las galletas. Pero tenía hambre. En casa nunca había cosas tan ricas para comer.

Seguí yendo al colegio. Enseguida aprendí a leer y a calcular.

El maestro continuaba viniendo a casa. Me prestaba libros. A veces traía ropa que se le había quedado pequeña a su hijo mayor, o zapatos. Yo no los quería porque sabía que Line los reconocería, pero mi madre me obligaba a llevarlos.

—Sin eso no tendrías nada que ponerte. ¿Acaso quieres ir desnudo al colegio?

Yo no quería ir desnudo al colegio, en realidad yo no quería ir al colegio en absoluto. Pero la escuela era obligatoria. Si no hubiera ido, la policía habría venido a buscarme. Eso me había dicho mi madre. La podían meter en la cárcel a ella también, si no me enviaba a la escuela.

Así que iba. Fui durante seis años.

Line me decía:

—Mi padre es muy amable contigo. Podríamos guardar la ropa de mi hermano mayor para el pequeño, pero te la da a ti porque no tienes padre. Mi madre está de acuerdo con él porque ella también es muy amable y cree que hay que ayudar a los pobres.

El pueblo estaba lleno de gente muy amable. Campesinos e hijos de campesinos seguían viniendo a casa y nos traían de comer.

A los doce años acabé la escuela obligatoria con unas notas excelentes. Sándor le dijo a mi madre:

—Tobías tiene que estudiar. Su inteligencia es superior a la media.

Mi madre respondió:

—Sabes perfectamente que no tengo dinero para pagarle los estudios.

Sándor dijo entonces:

—Puedo encontrarle un internado gratuito. Mi hijo mayor ya va a uno. Los alimentan y les dan alojamiento. No hay que pagar nada. Yo le proporcionaré el dinero para los pequeños gastos. Podría llegar a ser abogado o médico.

Mi madre dijo:

—Si Tobías se marcha, me quedaré sola. Yo había pensado que cuando fuera mayor podría traer dinero a casa. Trabajando para los campesinos.

Sándor respondió:

—No quiero que mi hijo sea campesino. Peor aún, obrero agrícola, un mendigo como tú.

Mi madre dijo:

—Si me quedé con este niño fue pensando en mi vejez. Y ahora que empiezo a envejecer quieres quitármelo...

—Creía que te habías quedado con el niño porque me querías y porque lo querías.

—Sí, yo te quería, y te quiero aún. Pero necesito a Tobías. No puedo vivir sin él. Ahora a quien quiero es a él.

Sándor dijo:

—Si le quieres de verdad, desaparece. No puede sacar nada bueno de una madre como tú. No serás más que una carga, una vergüenza para él, toda su vida. Vete a la ciudad. Yo te pago el viaje. Todavía eres joven. Todavía puedes dar el pego veinte años más. Podrías ganar diez veces más que con estos campesinos piojosos. Yo me ocuparé de Tobías.

Mi madre dijo:

—Si me he quedado aquí ha sido por ti, por Tobías. Quería que estuviese cerca de su padre.

—¿Estás realmente segura de que es hijo mío?

—Lo sabes muy bien. Yo era virgen. Apenas tenía dieciséis años. Seguro que te acuerdas.

—Lo único que sé es que todo el pueblo te ha pasado por la piedra desde hace años.

Ella dijo:

—Es cierto. Pero ¿de qué habría vivido si no?

—Te he ayudado.

—Sí, con ropa vieja, zapatos usados. También había que comer.

—He hecho lo que he podido. No soy más que un maestro de pueblo y tengo tres hijos.

Mi madre le preguntó entonces:

—¿Ya no me quieres?

El hombre respondió:

—No te he querido nunca. Me hechizaste con tu rostro, tus ojos, tu boca, tu cuerpo. Me poseíste. Pero a Tobías sí que lo quiero. Me pertenece. Me ocuparé de él. Pero debes marcharte. Lo nuestro ya ha terminado. Quiero a mi mujer y a mis hijos. Hasta al que nació de ti lo quiero. A ti ya no te aguanto. No eres más que un error de juventud, la falta más grande que he cometido en mi vida.

Como de costumbre, me había quedado solo en la cocina. Del cuarto venían aquellos ruidos habituales que detestaba. A pesar de todo, seguían haciendo el amor.

Yo los escuchaba. Temblaba en mi jergón, bajo la manta, y toda la cocina temblaba conmigo. Mis manos intentaban calentarme los brazos, las piernas, el vientre, pero no había nada que hacer. Me sacudía un sollozo que no podía salir de mi cuerpo. Echado en mi jergón, bajo la manta, había comprendido de repente que Sándor era mi padre y que quería deshacerse de mi madre y de mí.

Me castañeteaban los dientes.

Tenía frío.

Sentí que en mi interior crecía el odio contra aquel hombre que pretendía ser mi padre y que ahora me exigía que abandonase a mi madre al mismo tiempo que la abandonaba él.

Un vacío se instaló dentro de mí. Estaba harto, ya no quería nada más. Ni estudiar ni trabajar para los campesinos que todos los días venían a follarse a mi madre.

Solo tenía un deseo: irme, caminar, morir, me daba igual. Quería alejarme, no volver nunca, desaparecer en el bosque, en las nubes, no acordarme de nada, olvidar, olvidar.

Cogí el cuchillo más grande que había en el cajón, un cuchillo para cortar carne. Entré en el cuarto. Dormían. Él estaba echado encima de ella. La luna los iluminaba. Había luna llena. Una luna inmensa.

Hundí el cuchillo en la espalda del hombre, y me eché encima con todo mi peso para que penetrase bien y atravesara también el cuerpo de mi madre.

Después me marché.

Anduve por los campos de maíz y de trigo, anduve por un bosque. Me dirigía a donde se pone el sol, sabía que había otros países al oeste, países diferentes al nuestro.

Atravesé algunos pueblos mendigando, robando fruta y verdura en los campos. Me escondía en trenes de mercancías, viajaba con camioneros.

Sin darme cuenta, llegué a otro país, a una gran ciudad. Seguí robando y mendigando lo necesario para sobrevivir. Dormía en la calle.

Un día, la policía me detuvo. Me metieron en un centro de acogida para chicos. Había delincuentes, huérfanos, gente desarraigada como yo.

Ya no me llamaba Tobías Horvath. Me inventé un nombre nuevo con el nombre de mi padre y de mi madre. Ahora me llamaba Sándor Lester y se me consideraba un huérfano de guerra.

Me hicieron muchísimas preguntas, investigaron en varios países para encontrar posibles parientes, pero nadie reclamó jamás a Sándor Lester.

En el internado estábamos bien alimentados, bien lavados, bien enseñados. La directora era una mujer bella, elegante y muy severa. Quería que nos convirtiésemos en hombres bien educados.

Cuando cumplí dieciséis años, me permitieron marcharme y elegir un oficio. Si hubiese decidido ser aprendiz, tendría que haber continuado viviendo en el internado, pero ya no soportaba a la directora, ni la obligación de los horarios, ni el hecho de dormir varios en la misma habitación.

Yo quería ganar dinero cuanto antes para ser completamente libre.

Me convertí en obrero de una fábrica.

Ayer, en el hospital, me dijeron que podía volver a mi casa y regresar al trabajo. Así que volví, tiré al retrete los medicamentos que me habían dado, rosas, blancos, azules.

Por suerte era viernes y aún tenía dos días antes de volver al trabajo. Aproveché para ir de compras y llenar la nevera.

El sábado por la noche visité a Yolande. Después, una vez en casa, me bebí varias botellas de cerveza y me puse a escribir.

Pienso

Ahora mismo me quedan pocas esperanzas. Antes buscaba, me desplazaba sin parar. Esperaba algo. ¿El qué? No lo sabía. Pero pensaba que la vida no podía ser lo que era, prácticamente nada. La vida debía de ser alguna cosa y yo esperaba que llegase esa cosa, la buscaba.

Ahora pienso que no hay nada que esperar, así que me quedo en mi habitación, sentado en una silla, y no hago nada.

Pienso que hay una vida allá afuera, pero en esta vida no pasa nada. Para mí, nada.

Para los demás quizá pase algo, es posible, pero ya no me interesa.

Yo me quedo aquí, sentado en una silla, en mi casa. Sueño un poco, no realmente. ¿Con qué podría soñar? Me quedo sentado, sin más. No puedo decir que esté bien, no me quedo ahí por mi bienestar, al contrario.

Pienso que no hago nada bueno quedándome ahí sentado, y que por fuerza tendré que acabar levantándome, más tarde. Experimento un vago malestar aquí sentado, sin hacer nada durante horas, o días, no lo sé. Pero no encuentro motivo alguno para levantarme y hacer cualquier cosa. No se me ocurre en absoluto qué podría hacer.

Desde luego, podría ordenar un poco, limpiar un poco, sí, eso sí. Mi casa está bastante sucia, descuidada.

Al menos debería levantarme a abrir la ventana porque huele a humo, a podrido, a cerrado.

Pero no me molesta. O más bien me molesta un poco, pero no lo suficiente para levantarme. Estoy acostumbrado a estos olores, ya no los noto, solo pienso que si por casualidad entrase alguien...

Pero no existe ningún «alguien».

No entra nadie.

Por hacer algo, de todos modos, me pongo a leer el periódico que está encima de la mesa desde hace un tiempo, desde que lo compré. Ni me molesto en coger el periódico. Lo dejo ahí, encima de la mesa, y lo leo desde lejos, pero nada me entra en la cabeza. Así que dejo de esforzarme.

De todos modos, sé que en la otra página del periódico hay un hombre joven, bueno, no demasiado joven, como yo exactamente, que lee el mismo periódico en una bañera redonda encastrada, observa los anuncios, las cotizaciones de la Bolsa, muy relajado, con un whisky de buena marca al alcance de la mano, en el borde de la bañera. Parece guapo, vivaz, inteligente, al corriente de todo.

Pensando en esa imagen, tengo que levantarme y voy a vomitar a mi lavabo no encastrado, pegado absurdamente a la pared de la cocina. Y todo lo que sale de mí atasca ese maldito lavabo.

Me sorprende horrores esa inmundicia cuyo volumen me parece el doble de lo que he podido comer en el transcurso de las últimas veinticuatro horas. Mientras contemplo esa cosa asquerosa, me acomete otra náusea y salgo precipitadamente de la cocina.

Salgo a la calle para olvidar, paseo como todo el mundo, pero en las calles no hay nada, solo gente, tiendas, nada más.

Como he embozado el lavabo, no me apetece volver a casa, ni me apetece andar, de manera que me detengo en la acera, dando la espalda a unos grandes almacenes, y observo a la gente que entra y sale, y pienso que los que salen deberían quedarse dentro, y que los que entran deberían quedarse fuera, así se ahorrarían muchas fatigas y movimientos.

Podría darles ese consejo, sería un buen consejo, pero no me escucharían. Así que no digo nada, no me muevo, no tengo frío allí, en la entrada, aprovecho el calor que se escapa de la tienda por las puertas abiertas constantemente, y me siento casi tan bien como antes, sentado en mi habitación.

Hoy vuelvo a empezar la estúpida carrera. Me levanto a las cinco de la mañana, me lavo, me afeito, me preparo un café, salgo, corro hasta la plaza Principal, subo al autobús, cierro los ojos, y todo el horror de mi vida presente me salta a la cara.

El autobús se detiene cinco veces. Una vez en los confines de la ciudad y otra en cada uno de los pueblos que vamos atravesando. En el cuarto pueblo se encuentra la fábrica en la que trabajo desde hace diez años.

Una fábrica de relojería.

Escondo la cara entre las manos, como si durmiese, pero lo hago para ocultar las lágrimas. Lloro. No quiero ponerme la bata gris, no quiero fichar, no quiero poner en marcha mi máquina. Ya no quiero trabajar.

Me pongo la bata gris, ficho, entro en el taller.

Las máquinas están en marcha. La mía también. Solo tengo que sentarme delante, coger las piezas, meterlas en la máquina, apretar el pedal.

La fábrica de relojería es un edificio inmenso que

domina el valle. Todos los que trabajan allí viven en el mismo pueblo, salvo algunos que, como yo, venimos de la ciudad. No somos demasiados, el autobús va casi vacío.

La fábrica produce piezas sueltas, mecanismos para otras fábricas. Ninguno de nosotros podría montar un reloj entero.

Yo me encargo de hacer un agujero con mi máquina en una pieza determinada, el mismo agujero en la misma pieza desde hace diez años. Nuestro trabajo se reduce a eso. Meter una pieza en la máquina, presionar el pedal.

Con ese trabajo ganamos el dinero justo para comer, para vivir en algún sitio y, sobre todo, para volver a trabajar al día siguiente.

Haga sol o esté nublado, los neones siempre están encendidos en el inmenso taller. Los altavoces difunden una música suave. La dirección cree que los obreros trabajan mejor con música.

Hay un hombrecillo, también obrero, que vende unas bolsitas de polvo blanco, unos tranquilizantes que preparara el farmacéutico del pueblo para nosotros. No sé lo que es, lo compro a veces. Con esos polvos la jornada pasa más rápido, uno se siente algo menos desgraciado. Los polvos son baratos, casi todos los obreros toman, la dirección lo tolera y el farmacéutico del pueblo se enriquece.

A veces se arma jaleo, alguna mujer se levanta y grita:

—¡No puedo más!

Se la llevan, el trabajo continúa y nos dicen:

—No es nada, le han fallado los nervios.

En el taller, cada uno está solo con su máquina. No se puede hablar, salvo en los lavabos, y tampoco demasiado rato, porque cuentan, apuntan y registran nuestras ausencias.

Al salir de la fábrica por la tarde, tenemos el tiempo justo de hacer algunas compras, comer algo y acostarnos temprano para poder levantarnos por la mañana. A veces me pregunto si vivo para trabajar o si es el trabajo el que me hace vivir.

¿Y qué vida?

Trabajo monótono.

Salario miserable.

Soledad.

Yolande.

Hay Yolandes a miles por todo el mundo.

Bellas y rubias, más o menos tontas.

Elegimos una y nos aguantamos con ella.

Pero las Yolandes no llenan la soledad.

Las Yolandes no suelen trabajar en las fábricas, más bien trabajan en las tiendas, donde todavía ganan menos que en la fábrica. Pero las tiendas están más limpias, allí se conoce con mayor facilidad a futuros maridos.

En la fábrica trabajan sobre todo madres de familia. A las once corren para preparar la comida del mediodía. La dirección se lo permite porque, de todos modos, trabajan por horas. A la una vuelven, como todos nosotros. Los niños y los maridos ya han comido. Han vuelto al colegio o a la fábrica.

Sería mucho más fácil que cada uno comiese en el comedor de la fábrica, pero saldría demasiado caro para la familia. Yo puedo permitírmelo. Tomo el plato del día, que es lo más barato. No está muy bueno, pero no me importa.

Después de comer leo un libro que me he traído de casa o bien juego al ajedrez. Solo. Los otros obreros juegan a las cartas, no me miran.

Al cabo de diez años, sigo siendo un extraño para ellos.

Ayer me encontré un aviso en mi buzón: debo ir a buscar una carta certificada a correos. El aviso precisaba: «Ayuntamiento; tribunal correccional».

Me entró miedo. Tuve ganas de huir lejos, más lejos aún, más allá del mar. ¿Sería posible que hubiesen encontrado mi rastro de asesino después de tantos años?

Voy a recoger la carta a correos. La abro. Me convocan como intérprete para un proceso en el cual el acusado es un refugiado de mi país. Me reembolsarán los gastos y justificarán mi ausencia en la fábrica.

A la hora señalada, me presento ante el tribunal. La mujer que me recibe es muy hermosa. Tan hermosa que siento deseos de llamarla Line. Pero es demasiado severa. Me parece inaccesible.

Me pregunta:

—¿Recuerda usted lo suficiente su lengua materna para traducir las discusiones de un proceso?

Le digo:

—No he olvidado en absoluto mi lengua materna.

Ella dice entonces:

—Debe prestar juramento y jurar que traducirá palabra por palabra lo que oiga.

—Lo juro.

Me hace firmar un papel.

Le pregunto:

—¿Vamos a tomar algo?

Ella responde:

—No, estoy muy cansada. Ven a mi casa. Me llamo Ève.

Vamos en su coche. Conduce rápido. Se para ante un chalé. Entramos en una cocina moderna. En su casa todo es moderno. Sirve unas copas y nos instalamos en el salón, en un sofá grande.

Deja su copa, me besa en la boca. Se desnuda despacio.

Es muy guapa, más guapa que ninguna de las mujeres que he conocido en toda mi vida.

Pero no es Line. Nunca será Line. Nadie será nunca Line.

Un montón de compatriotas asisten al juicio de Iván. Su mujer también está presente.

Iván llegó el mes de noviembre del año pasado. Encontró un pequeño apartamento con dos habitaciones donde vivían apretujados él, su mujer y sus tres hijos.

Su mujer fue contratada como asistenta por la compañía de seguros propietaria del inmueble. Limpiaba las oficinas todas las noches.

Al cabo de algunos meses, Iván también encontró trabajo, pero en otra ciudad, como empleado en un gran restaurante. Trabajaba allí a satisfacción de todos.

Pero una vez por semana enviaba un paquete a su

familia. Ese paquete contenía alimentos robados en la despensa del restaurante. Le acusan de meter la mano también en la caja, pero eso lo niega y no se ha podido probar.

En su causa, aquel día, no se trataba solo de aquellos pequeños hurtos. El caso de Iván era mucho más grave. Mientras estaba encerrado en la cárcel de nuestra ciudad a la espera del juicio, una noche pegó al guardia, huyó y se fue corriendo a su casa. Su mujer estaba en el trabajo, los niños dormían. Iván esperó a su mujer para escaparse con ella, pero la policía llegó primero.

—Se le condena a ocho años de cárcel por agresión al guardia.

Lo traduje. Iván me miró.

—¿Ocho años? ¿Está seguro de que lo ha entendido bien? El guardia no ha muerto. No quería matarlo. Está ahí, goza de buena salud.

—Yo me limito a traducir.

—Y mi familia, ¿qué será de ellos durante ocho años? ¿Y mis hijos? ¿Qué será de ellos?

Le digo:

—Crecerán.

Los guardias se lo llevan. Su mujer se desmaya. Después del proceso, acompaño a mis compatriotas a la taberna que frecuentan desde su llegada. Es una taberna popular y ruidosa del centro de la ciudad, no demasiado lejos de mi casa. Bebemos unas cervezas hablando de Iván.

—¡Hay que ser idiota para querer escapar!

—Habría salido al cabo de unos meses.

—Igual le habrían expulsado.

—Mejor eso que la cárcel.

Uno dijo:

—Yo vivo en el apartamento que está encima del de Iván. Desde que llegaron oigo a su mujer llorar todas las noches cuando vuelve del trabajo. Solloza durante horas. En su pueblo tenía a sus padres, sus vecinos, sus amigos. Creo que ahora volverá. No va a esperar a Iván ocho años aquí, sola, con los niños.

Más tarde, me enteré de que, en efecto, la mujer de Iván había vuelto a su país con sus hijos. A veces pienso que debería ir a visitar a Iván a la cárcel, pero nunca voy.

Cada vez voy más a menudo a la taberna. Voy casi todas las noches. He intimado con mis compatriotas. Nos sentamos a una mesa larga. Una chica de nuestro país nos sirve de beber. Se llama Vera y trabaja aquí desde las dos de la tarde hasta medianoche. Su hermana Kati y su cuñado Paul también son habituales. Kati trabaja en un hospital de la ciudad. Allí hay una guardería donde puede dejar a su hija pequeña, que solo tiene unos meses. Paul trabaja en un garaje y es un loco de las motos.

También he conocido a Jean, obrero agrícola sin cualificación, que me sigue a todas partes. Todavía no ha encontrado trabajo y, en mi opinión, nunca encontrará. Va sucio y mal vestido, y aún vive en el centro de refugiados.

Me hago amigo de Paul. A menudo paso la velada en su casa. Su mujer vuelve del trabajo, tiene que preparar la cena, hacer la colada y cuidar del bebé.

Paul dice:

—Me caigo de sueño, pero tengo que esperar a medianoche para ir a buscar a Vera.

Su mujer dice:

—Que vuelva sola. Es una ciudad pequeña. No corre peligro.

Yo les digo:

—Acostaos. Yo me ocuparé de Vera.

Vuelvo a la taberna. Vera hace cuentas con el patrón. Me ve en la entrada, me sonríe.

Le digo:

—Paul está cansado. Esta noche te acompañaré yo.

Ella dice:

—Qué amable. Podría volver sola, claro. Pero Paul dice que se responsabiliza de mí.

—¿Y qué edad tienes?

—Dieciocho años.

—Es cierto, eres una niña todavía.

—Exageras.

Salimos a la calle. Son las doce pasadas. La ciudad está vacía, completamente silenciosa. Vera se coge de mi brazo, se aprieta contra mí. Delante de su casa me dice:

—Bésame.

La beso en la frente y me marcho.

Voy a buscarla otra noche. Me señala a un joven que todavía está sentado allí, a la punta de una mesa, el último cliente.

—No hace falta que me esperes. André me acompañará.

—¿Es de nuestro país?

—No, es de aquí.

—Ni siquiera podéis hablar entre vosotros.

—¿Y qué? No hace falta hablar. Besa bien.

Le había prometido a Paul que no dejaría sola a Vera. Así que les seguí hasta su casa. Ante la puerta, se besaron largo rato.

Creo que debería decírselo a Paul, pero no hago nada. Simplemente le digo que ya no puedo ir a buscar a Vera porque yo también debo acostarme temprano, debido a mi trabajo.

Así que Paul va a la taberna todas las noches y, en su presencia, ya no hay André que valga.

Un domingo por la tarde, en casa de Paul, hablamos de las vacaciones. Paul está contento. Con sus ahorros se ha comprado una moto de ocasión. Kati y él van a recorrer el país. Dejarán al bebé en la guardería del hospital.

Les pregunto:

—¿Y Vera? ¿Qué hará sola durante dos semanas?

Vera dice:

—Yo no tengo vacaciones. Trabajaré como de costumbre. ¿Y tú, Sándor, qué vas a hacer?

—Me iré una semana con Yolande. Acamparemos a la orilla del mar. La segunda semana podré ocuparme de ti.

—Muy amable.

Paul interviene.

—No te preocupes, Sándor. Le he pedido a Jean que acompañe a Vera por las noches. De todos modos, no tiene nada mejor que hacer. Le daré un poco de dinero para sus gastos.

Vera se echa a llorar.

—Gracias, Paul. No has encontrado nada mejor para mí que la compañía de ese campesino apestoso.

Sale de la cocina y la oímos sollozar en su cuarto. Guardamos silencio. Nos rehuimos la mirada.

Al volver a casa pienso que podría casarme con Vera. La diferencia de edad no es demasiado grande, ni siquiera llega a los diez años. Pero primero debo deshacerme de Yolande. Debo decidirme a romper con ella. Durante las vacaciones. Eso me permitirá acortar esa estancia abominable, tan enojosa y desagradable como el año anterior: día y noche, ¡una semana entera con Yolande! Sin contar con el calor, los mosquitos, la muchedumbre en el camping...

Como preveía, la semana se hace larguísima. Yolande se pasa el día tumbada en una toalla al sol, porque lo único que le importa es volver morena y ponerse vestidos claros para realzar su bronceado. Yo me paso el día leyendo bajo la tienda y, por la noche, me voy a la orilla del mar y paso allí todo el tiempo que puedo para asegurarme de que Yolande esté dormida a mi vuelta.

No hay forma de romper, ya que apenas nos hablamos.

De todos modos, he renunciado a la idea de casarme con Vera. Y es que Line puede llegar en cualquier momento.

Volvemos de vacaciones un domingo por la tarde. Yolande vuelve a trabajar el lunes. La ayudo a descargar su cochecito, a colocar la tienda y las colchonetas en el trastero. Yolande está contenta, vuelve muy bronceada, sus vacaciones han sido todo un éxito.

—Hasta el sábado por la noche.

Voy a la taberna. Tengo prisa por ver a Vera. Me siento a una mesa y viene a servirme un chico. Le pregunto:

—¿No está Vera?

Se encoge de hombros.

—Hace cinco días que no viene.

—¿Está enferma?

—No tengo ni idea.

Salgo de la taberna y corro a casa de Paul. Viven en un segundo piso. Subo corriendo, llamo al timbre. Golpeo la puerta. Una vecina me oye llamar y me dice, abriendo la puerta:

—No hay nadie. Están de vacaciones.

—¿Y la chica joven también?

—Le digo que no hay nadie.

Vuelvo a la taberna. Veo a Jean, sentado solo a una mesa. Le zarandeo.

—¿Dónde está Vera?

Retrocede.

—¿Por qué te pones tan nervioso? Vera se ha marchado. La acompañé los dos primeros días y me dijo que no hacía falta que volviera, porque se iba de vacaciones con unos amigos.

De repente pienso en André.

Pienso también: ¡ojalá Vera vuelva antes de que regrese Paul, y ojalá la vuelvan a admitir en el trabajo!

Los días siguientes, paso varias veces por la taberna y también varias veces por casa de Paul. Pero hasta más adelante no me enteré de qué ocurrió.

Paul y Kati volvieron al sábado siguiente. Vera no estaba y su cuarto estaba cerrado con llave. En el apartamento había un olor raro. Kati abrió las ventanas y fue a buscar al bebé a la guardería. Paul vino a mi casa, fuimos a la taberna y allí nos encontramos a Jean. Charlamos y yo le hablé de André. Paul estaba furioso. Volvió a su casa y, como el olor no había desaparecido, forzó la puerta del cuarto de Vera. El cadáver de Vera, ya medio descompuesto, estaba echado en la cama.

La autopsia demostró que Vera se había envenenado con somníferos.

Nuestra primera muerte.

Poco después, le sucedieron otras.

Robert se cortó las venas en la bañera.

Albert se ahorcó, dejando encima de la mesa una nota escrita en nuestra lengua: «A la mierda».

Magda peló las patatas y las zanahorias, después se sentó en el suelo, abrió el gas y metió la cabeza en el horno.

La cuarta vez que recogemos dinero en la taberna, el camarero me dice:

—Vosotros, los extranjeros, siempre estáis haciendo colectas para las coronas, vais a entierros sin parar.

Yo le respondo:

—Cada uno se divierte como puede.

Por la noche, escribo.

El pájaro muerto

En mi cabeza, un camino pedregoso me lleva hasta el pájaro muerto.

—Entiérrame —me pide, y en los ángulos de sus miembros rotos los reproches se mueven como versos.

Necesitaría tierra.

Tierra negra y pesada.

Una pala.

Solo tengo ojos.

Dos ojos velados y tristes, empapados en un agua glauca.

Los cambié en el mercadillo por algunas monedas extranjeras, sin valor. No me ofrecían otra cosa.

Los cuido, los froto, los seco con un pañuelo sobre mis rodillas. Con prudencia, para no perderlos.

A veces, arranco una pluma del plumaje del ave y dibujo unas venas moradas en esos ojos que son mi único tesoro. En ocasiones llego a ennegrecerlos del todo. Entonces el cielo se cubre y empieza a llover.

Al pájaro muerto no le gusta la lluvia. Se deslíe, se pudre, desprende un olor desagradable.

En ese caso, incómodo por el olor, me siento un poco más lejos.

De vez en cuando hago promesas:

—Iré a buscar tierra.

Pero no me lo creo realmente. El pájaro tampoco se lo cree. Ya me conoce.

¿Por qué ha muerto aquí, donde solo hay piedras?

Un buen fuego también iría bien.

O grandes hormigas rojas.

Pero es todo tan caro...

Para una caja de cerillas hay que trabajar meses y meses, y las hormigas salen carísimas en los restaurantes chinos.

Ya no me queda casi nada de mi herencia.

La angustia se apodera de mí cuando pienso en el poco dinero que me queda.

Al principio, gastaba sin pensar, como todo el mundo, pero ahora debo tener cuidado.

Solo compraré lo que sea absolutamente necesario.

Nada, pues, de tierra, ni de pala, ni de hormigas, ni de cerillas.

Además, pensándolo bien, ¿por qué tengo que sentirme tan preocupado por el funeral de un pájaro desconocido?

Solo vuelvo a casa de Paul muy de vez en cuando. Estamos tan tristes que no sabemos qué decirnos. Los tres nos sentimos culpables por habernos ido de vacaciones sin Vera. Y yo aún más que ellos dos. Yo supervisaba el bronceado de Yolande mientras Vera se mataba. Tal vez estuviese enamorada de mí.

Kati no ha tenido el valor de escribir a su madre y decirle que su hermana pequeña ha muerto. La madre sigue escribiendo a la dirección de Vera y le devuelven las cartas con la mención: «fallecida». La madre de Vera se pregunta qué querrá decir aquello, en esa lengua extranjera.

Tampoco suelo ir a la taberna. Cada vez somos menos. Los que no se han muerto han vuelto a nuestro país. Algunos jóvenes solteros se han ido más lejos, han atravesado el océano. Otros se han adaptado, se han casado con gente de aquí y por las noches se quedan en su casa.

En la taberna solo veo a Jean, que sigue viviendo en el centro de refugiados, donde ha conocido a otros extranjeros venidos del mundo entero.

A veces, Jean me espera en la escalera de mi casa.

—Tengo hambre.

—¿No has comido en el centro?

—Sí. Una especie de papilla de cereales, a las seis. Vuelvo a estar hambriento.

—¿Todavía no tienes trabajo?

—No, nada.

—Entra. Siéntate.

Pongo dos platos sobre el mantel de hule y frío tocino y huevos. Jean me pregunta:

—¿No tendrás patatas?

—No, no tengo patatas.

—Sin patatas no estará tan bueno. Al menos tendrás pan...

—No, tampoco tengo pan. No me ha dado tiempo a hacer la compra. Yo trabajo, ¿sabes?

Jean come.

—Si quieres, te haré la compra mientras estés en el trabajo.

—No me hace falta. Ya me las arreglo solo. Desde hace años.

Jean insiste:

—También podría pintarte el apartamento. No es mi oficio, pero lo he hecho muchas veces.

—No hace falta pintarlo, así está muy bien.

—Está asqueroso. Mira la cocina, qué ennegrecida, mira el retrete, el baño. No está presentable.

Miro a mi alrededor.

—Tienes razón, no está presentable. Pero no tengo dinero.

—Yo te lo haré por nada. Solo por la comida. Solo por trabajar. Para no sentirme inútil. Tú solo tendrás que pagar la pintura y darme un poco de comer, como hasta ahora.

—No quiero explotarte.

—De todas formas, me paso el día vagando por la ciudad, dando vueltas por el centro. Y en tu casa todo está sucio.

Es verdad, en mi casa todo está sucio. Ni siquiera lo había pensado. Desde hace diez años, el apartamento se encuentra en el mismo estado que cuando llegué. Y no es que estuviese muy limpio por aquel entonces.

Entonces le digo a Jean que empiece por la cocina.

Pienso que cuando venga Line todo estará limpio: la cocina, el baño, el lavabo.

Las habitaciones están bastante decentes. Hay un dormitorio con las paredes cubiertas de libros y una cama grande para los dos. Y también está la habitación pequeña, que ahora utilizo de trastero y que me servirá de despacho, con una mesa, una máquina de escribir y unas hojas de papel.

Tengo que comprar una máquina de escribir y hojas de papel para la máquina y cintas para la máquina.

De momento, escribo a lápiz en cuadernos escolares.

Jean trabaja rápido y bien. No reconozco mi piso. Ahora ya podría venir Line. No me daría vergüenza.

Compro ropa de casa nueva para el baño y la cocina. La guardo en un cajón.

Pago a Jean lo que puedo. Está muy contento, más que yo, del trabajo que ha hecho. Le gustaría pintar también las dos habitaciones, pero no es absolutamente necesario.

Jean se siente feliz.

—Es la primera vez que he podido enviarle dinero a mi mujer. El dinero que me has dado.

—Pobre Jean, no era mucho.

—En nuestro país vale diez veces más que aquí. Mi mujer ha podido comprar a los niños zapatos y ropa de otoño. Deben ir bien vestidos al colegio.

Le pregunto:

—¿Y ahora qué vas a hacer sin trabajo?

—No lo sé, Sándor.

—Vuelve a casa, será mejor.

—No puedo. Todo el pueblo se burlaría de mí. Prometí riquezas a todos. Si pudieses ayudarme, Sándor. Encontrarme clientes. Tú conoces a mucha gente. Ya has visto que sé pintar y también sé hacer otras cosas. Cuidar un jardín, por ejemplo. Un huerto o un jardín. Por muy poco dinero. Por algo de comida. Si continúo hospedado gratuitamente en el centro, podré enviar todo el dinero que gane a mi mujer.

Encuentro algunos trabajos ocasionales para Jean, pero no consigo librarme de él. Viene a mi casa casi todas las noches, me impide escribir, me impide dormir. Me lee cartas de su mujer y de sus hijos. Me habla de su añoranza, de la amargura que siente por no poder vivir con los suyos.

Llora casi constantemente. Solo le consuelan el tocino y las patatas. Con el vientre lleno se va a dormir al centro de refugiados, a un dormitorio con literas donde ha cogido sus costumbres, donde la veteranía le ha impuesto como jefe.

Cuando por fin se va, me pongo a escribir.

Ellos

Llueve. Una lluvia fina y fría cae sobre las casas, sobre los árboles, sobre las tumbas. Cuando ELLOS vienen a verme, la lluvia chorrea por su cara descompuesta, fluida. ELLOS me miran y el frío se vuelve más intenso, mis paredes blancas ya no me protegen. Nunca me han protegido. Su solidez no es más que una ilusión y su blancura está mancillada.

Ayer tuve un instante de felicidad inesperada, sin motivos. Él se me acercó a través de la lluvia y la niebla, sonreía, flotaba por encima de los árboles, danzaba delante de mí, me rodeaba.

Lo reconocí.

Era la felicidad de un tiempo muy lejano, en que el niño y yo éramos uno. Yo era él, apenas tenía seis años y soñaba por la noche en el jardín, mirando la luna.

Ahora estoy cansado. Son los que vienen por la noche los que me cansan tanto. Esta noche, ¿cuántos serán? ¿Uno solo? ¿Un grupo?

Si al menos tuviesen un rostro. Pero son todos vagos, imprecisos. Entran. Se quedan de pie mirándome y dicen:

—¿Por qué lloras? Acuérdate.

—¿De qué?

ELLOS se echan a reír.

Más tarde digo:

—Estoy listo.

Me abro la camisa por el pecho y ELLOS levantan sus manos tristes y pálidas.

—Acuérdate.

—Ya no me acuerdo.

Las manos tristes y pálidas se levantan y vuelven a caer. Alguien llora detrás de las paredes blancas.

—Acuérdate.

Una niebla ligera y gris flotaba por encima de las casas, por encima de la vida. Un niño sentado en el patio contemplaba la luna.

Tenía seis años, yo le quería.

—Te quiero —le dije.

El niño me miraba con rostro severo.

—Pequeño, vengo desde muy lejos. Dime, ¿por qué miras la luna?

—No es la luna —respondió el niño, molesto—, no es la luna lo que miro, es el porvenir.

—Yo vengo de allí —le dije, bajito—, y no hay más que campos muertos y fangosos.

—¡Mientes, mientes! —gritó el niño—. Hay dinero, luz, amor. Y jardines llenos de flores.

—Yo vengo de allí —repetí, bajito—, y no hay más que campos muertos y fangosos.

El niño me reconoció y se echó a llorar.

Fueron sus últimas lágrimas calientes. Sobre él también empezó a llover. La luna desapareció. La noche y el silencio vinieron a decirme:

—Pero ¿qué le has hecho?

Estoy cansado. Anoche volví a escribir bebiendo cerveza. Las frases dan vueltas en mi cabeza. Creo que la escritura me destruirá.

Como de costumbre, cojo el autobús. Cierro los ojos. Llegamos al primer pueblo.

La anciana que reparte los periódicos viene a recoger el paquete. Debe repartir esos periódicos a todos los habitantes del pueblo antes de las siete de la mañana.

Una joven con un niño en brazos sube al autobús.

Desde que trabajo en la fábrica nadie sube en esa parada.

Hoy ha subido una mujer al autobús y esa mujer se llama Line.

No la Line de mis sueños, no la Line a quien yo esperaba, sino la auténtica Line, aquella pequeña revoltosa que ya envenenó mi infancia. La que se daba cuenta de que yo llevaba la ropa y los zapatos de su hermano mayor y se lo contaba a todo el mundo. La que me daba también pan y galletas que yo habría querido rechazar. Pero tenía demasiada hambre durante el recreo.

Line decía que había que ayudar a los pobres, sus padres se lo decían. Y yo era el pobre que había elegido Line.

Avanzo hasta la parte central del autobús para observar mejor a Line. Hacía quince años que no la veía. No ha cambiado demasiado. Sigue estando pálida y flaca. Tiene el pelo un poco más oscuro que antes, recogido en la nuca con una goma. Line no lleva la cara maquillada, su ropa no es demasiado elegante ni va a la moda. No, Line no es bella.

Mira hacia el vacío por la ventanilla, y luego su mirada se posa en mí un instante, pero se aparta enseguida.

Seguramente sabe que yo maté a su padre, mi padre, nuestro padre, y quizá también a mi madre.

Line no debe reconocerme. Podría denunciarme por asesino. Han pasado quince años, sin duda el crimen ha prescrito. Además, ¿qué sabe ella? ¿Sabe que tenemos el mismo padre? ¿Que teníamos el mismo padre? ¿Estará muerto él?

El cuchillo era largo, pero encontró mucha resistencia en el cuerpo del hombre. Apreté con todas mis fuerzas, pero solo tenía doce años y estaba flaco y enclenque, no pesaba nada. No tenía conocimientos anatómicos y tal vez no llegué a tocar ningún órgano vital.

Cuando llegamos a la fábrica, bajamos los dos.

La asistente social atiende a Line y la acompaña a la guardería.

Entro en el taller, pongo en marcha mi máquina, que funciona como nunca, canta y silabea: «Line está aquí, Line ha llegado».

Fuera los árboles bailan, el viento sopla, las nubes corren, el sol brilla, hace buen tiempo como si fuera una mañana de primavera.

¡Así que era a ella a quien esperaba! No lo sabía. Creía que esperaba a una mujer desconocida, bella, irreal. Y la que ha llegado es la auténtica Line, tras quince años de separación. Nos reencontramos lejos de nuestro pueblo natal, en otra ciudad, en otro país.

La mañana pasa muy deprisa. A mediodía voy a comer a la cantina de la fábrica. La gente hace cola, avanzamos lentamente. Line está delante de mí. Coge café y un panecillo. Como hacía yo cuando llegué y no podía apreciar los platos de esta cocina extranjera. Todo me parecía soso, insípido.

Line elige una mesa apartada. Yo me instalo en otra mesa frente a ella. Como sin levantar los ojos. Temo mirarla. Cuando me acabo la comida, me levanto, devuelvo la bandeja y voy a buscar un café. Al pasar ante la mesa de Line, echo una ojeada al libro que está leyendo. No está escrito ni en la lengua de nuestro país ni en la de aquí. Creo que se trata de latín.

Yo también finjo leer, pero no puedo concentrarme, solo puedo mirar a Line. Cuando ella levanta los ojos, yo bajo los míos a toda prisa. A veces Line mira largo rato por la ventana y me doy cuenta de que algo ha cambiado profundamente en ella: su mirada. La Line de mi infancia tenía los ojos risueños y felices; la Line de ahora tiene una mirada oscura, triste, como todos los refugiados que conozco.

A la una volvemos a la fábrica. Line trabaja en el taller situado un piso por encima del mío.

Por la tarde, cuando salimos de la fábrica, nos espera el autobús. Veo a Line correr hacia la guardería y volver con su hijo. Line se sienta cerca del conductor, yo un poco más atrás, pero no demasiado lejos.

Line baja en el pueblo donde ha subido por la mañana. Yo también bajo y la sigo. Entra en la pequeña tienda de comestibles del pueblo, yo también. Señala con el dedo lo que quiere comprar, leche, pasta, mermelada. Así pues, no conoce la lengua de este país. O bien se ha quedado muda, la niñita parlanchina de mi infancia.

Yo compro un paquete de cigarrillos y sigo a Line por la calle. Esta vez ella me ha visto, seguro. Pero no dice nada. Entra en una casa de dos pisos, cerca de la iglesia. Miro por la ventana de la planta baja. Hay luz. Un hombre está sentado ante una mesa, inclinado sobre unos libros. El resto del piso está oscuro.

Descubro un camino que lleva al bosque. Atravieso un puentecito de madera y sigo el camino hasta que me encuentro en la parte posterior de las casas. Me siento en la hierba e intento distinguir la casa de Line. Creo que lo he conseguido, pero no estoy seguro. El río y los jardines me separan de las casas. Veo muchas sombras moverse en las habitaciones de atrás, pero eso es todo, no reconozco a nadie.

Creo que tendré que comprar unos prismáticos si quiero ver algo.

Vuelvo a la parte delantera de la casa. El hombre sigue ante la mesa. Line también está allí, sentada en un sillón, dando el biberón a su bebé. No sé si es una niña o un niño, pero ahora ya sé que Line tiene marido.

Decido volver en autobús. Espero mucho rato. Por la noche, los autobuses circulan con menor frecuencia. Casi son las diez cuando llego a mi casa.

Jean me espera ante la puerta. Se ha dormido en la escalera.

Me pregunta:

—¿Dónde estabas?

Yo digo:

—¿Cómo? ¿Es que tengo que darte cuentas? ¿Qué haces tú aquí? ¿Por qué no dejáis de joderme todos?

Jean se levanta y me dice, bajito:

—Te esperaba. Hace falta un traductor.

Abro la puerta, entro en la cocina y digo:

—Vete. Es tarde. Quiero dormir.

Él dice:

—Tengo hambre.

Yo le contesto:

—Me da igual.

Le empujo hacia la escalera y él dice aún:

—Ève quiere que vayas al próximo juicio. Ella se ocupa de los extranjeros, de los refugiados, de todo lo que nos concierne. No ha dejado de preguntar por ti.

Yo le digo:

—Pues dile que me he muerto.

—Pero no es verdad, Sándor. No estás muerto.

—Ya lo entenderá.

Jean pregunta:

—¿Por qué te has vuelto tan malo, Sándor?

—No soy malo, estoy cansado. Déjame en paz.

Compro unos prismáticos. También me compro una bicicleta. Así ya no tendré que esperar el autobús. Podré ir al pueblo de Line cuando quiera, tanto de día como de noche. Solo está a seis kilómetros de la ciudad.

Ya no persigo a Line. Al salir de la fábrica, cojo el autobús hasta la ciudad. Ella baja en su pueblo y no me vuelve a ver.

Salvo en la cantina.

Pero más tarde, por la noche, voy a ver a Line con mis prismáticos. Aunque no hay gran cosa que ver.

Line acuesta al bebé en su cunita y después ella y su marido se acuestan en la cama grande y apagan la luz.

A veces, Line se asoma a la ventana y se fuma un cigarrillo mirándome, pero en realidad no me ve, solo ve el bosque.

Me gustaría decirle que estoy aquí, que la vigilo, que me fijo en ella en este mundo extranjero. Me gustaría decirle que no debe tener miedo, puesto que yo estoy aquí, yo, su hermano, y que la protegeré de todos los peligros.

He leído u oído en alguna parte que, entre los faraones, el matrimonio ideal era un matrimonio entre hermano y hermana. Yo también lo creo, aunque Line no sea más que mi media hermana. No tengo otra.

Llega el sábado. El sábado no se trabaja en la fábrica. Entonces cojo mi bicicleta y me voy al pueblo de Line. Observo a la pareja por la parte delantera de la casa o bien por la parte del bosque. Veo que Line se viste, coge un bolso pequeño. Va a la parada del autobús. Se va a la ciudad.

Pedaleo detrás del autobús. En la bajada, logro seguirlo. Llegamos al mismo tiempo a la plaza Principal. Line baja. Entra en una peluquería. Yo me instalo en un café, junto a la ventana que da a la plaza, y espero.

Dos horas después vuelve Line, cargada de compras de todo tipo. Se ha cambiado de peinado. Ahora lleva el pelo corto y rizado, como Yolande, más o menos. Creo que debería decirle que ese peinado no le favorece en absoluto.

Como era de prever, coge el autobús. La sigo con la bici. La acompaño hasta su pueblo, pero es cuesta arriba y llego bastante más tarde que ella.

Ese sábado se me olvida ir a casa de Yolande. Aunque no hay nada interesante que ver, me quedo con Line hasta las ocho de la noche. Cuando llego a mi casa me doy cuenta de que no he comprado nada de comer, de que no tengo nada en la nevera. Podría llamar a casa de Yolande, pero prefiero ir a comer a la taberna de mis compatriotas.

Naturalmente, me encuentro a Jean allí. Está a punto de beberse una cerveza, rodeado de otros refugiados cuyo idioma no entiendo.

Jean les dice:

—Es mi mejor amigo. Siéntate, Sándor. Todos estos también son amigos.

Le doy la mano a todos sus amigos y despúes le pregunto a Jean:

—¿Cómo conseguís entenderos?

Jean se echa a reír.

—Es fácil. Por señas.

Hace una seña al camarero levantando ocho dedos.

—¡Cervezas!

Se inclina hacia mí.

—¿Nos las pagarás, las ocho cervezas?

—Sí, claro. Y ocho salchichas con patatas.

El camarero trae los platos de salchichas. Mis invitados me aplauden cuando pongo el monedero encima de la mesa. Comen ruidosamente y piden una cerveza tras otra.

En aquel momento Yolande aparece ante mí. La veo entre una especie de bruma. He bebido demasiado y el humo de los cigarrillos es denso en la sala.

Le digo a Yolande:

—Siéntate.

—No. Ven. He preparado la cena.

—Ya he cenado. Siéntate y cómete una salchicha. Estoy con amigos.

Ella dice:

—Estás borracho. ¿Quieres que te lleve a casa?

—No, Yolande. Quiero quedarme aquí. Y seguir bebiendo.

Dice:

—Desde que llegaron tus compatriotas ya no eres el mismo.

—No, Yolande, ya no soy el mismo. Y no sé si alguna vez volveré a ser el mismo. Para saberlo quizá deberíamos dejar de vernos durante un tiempo.

—¿Cuánto tiempo?

—No lo sé. Unas semanas o quizá unos meses.

—Vale. Te esperaré.

Ahora, la cuestión principal es esta: ¿cómo puedo conocer a Line?

Curiosamente, ni el jefe de su taller ni la asistenta social me piden ayuda para traducir en caso de problema. Es cierto que el trabajo de la fábrica es tan sencillo que se le podría explicar hasta a un sordomudo.

Por segunda vez, pienso que Line tal vez sea muda. Habla muy poco. A decir verdad, nunca habla con nadie.

Solo tengo que abordarla en la cantina.

En general, abordo con mucha facilidad a las mujeres. Pero con Line tengo miedo. Tengo un miedo tremendo al rechazo.

Un día me decido. Cuando paso por delante de su mesa con mi café, me detengo. Le pregunto en nuestra lengua materna:

—¿Quiere otro café?

Ella sonríe.

—No, gracias. Pero siéntese. No sabía que era usted un compatriota. ¿Por eso me ha seguido?

—Sí, por eso. Todos los que llegan de mi país me interesan. Me gustaría ayudarles.

—No creo que necesite su ayuda. ¿Quién es usted?

—Un refugiado muy veterano. Vivo aquí desde hace quince años. Me llamo Sándor Lester.

—Me encanta el nombre de Sándor. Mi padre se llama Sándor.

—¿Qué edad tiene su padre?

—¿Qué más da? Pronto cumplirá sesenta. ¿Por qué le interesa?

Le respondo:

—Mis padres murieron durante la guerra. Me preguntaba si sus padres habrían muerto también.

—No, los dos están vivos. Lo siento mucho por usted, por sus padres, Sándor. Yo me llamo Caroline, pero no me gusta ese nombre. Mi marido me llama Carole.

—Yo la llamaré Line.

Se ríe.

—¡Cuando era pequeña me llamaban Line!

Después me pregunta:

—¿Cómo soporta este país?

—Uno se acostumbra.

—Yo no podré acostumbrarme. Nunca.

—Pues me temo que tendrá que acostumbrarse. Es una refugiada. Ha venido por voluntad propia. Y no puede volver.

—No, no soy una refugiada. Mi marido ha recibido una beca para trabajar en este país. Es físico. Viviremos un año aquí y después volveremos a casa. Allí, yo acabaré mis estudios y enseñaré griego y latín. Mientras tanto, durante un año, trabajaré en la fábrica. La beca de mi marido no cubre todas nuestras necesidades. Habría podido quedarme en el país, pero mi marido no ha querido separarse de la criatura. Ni de mí.

Acompaño a Line hasta la máquina.

—No tenga miedo. Un año pasa volando. Yo llevo diez años trabajando aquí.

—Es tremendo. Yo no lo soportaría.

—Nadie lo soporta, pero nadie se muere por eso. Algunos se vuelven locos, aunque es raro.

Por la tarde espero a Line en el autobús. Llega con su bebé. Le pregunto si es un niño o una niña.

—Es una niña. Tiene cinco meses. Se llama Violette. Le ruego que deje de perseguirme.

Al día siguiente, en la cantina, voy a la mesa de Line con mi bandeja. Me siento frente a ella.

—Ya no la sigo por la calle. Pero podemos comer juntos.

—¿Todos los días?

—¿Por qué no? Somos compatriotas. Nadie se extrañará.

—Mi marido es celoso.

—No se enterará. Hábleme de él.

—Se llama Koloman. Es investigador. Se va a la ciudad todas las mañanas, vuelve tarde por la noche. Trabaja mucho en casa también.

—¿Y usted? ¿No se aburre aquí? No sale, no tiene amigos.

—¿Cómo lo sabe?

Me río.

—La he seguido. Hace semanas que la observo.

—¿Por la noche también? ¿Cuando estoy en casa?

—Sí, por la ventana. Con unos prismáticos. Perdóneme.

Line se sonroja y después dice, muy rápido:

—No tengo tiempo de aburrirme con la casa, la niña, las compras y el trabajo en la fábrica.

—¿Su marido no la ayuda?

—No tiene tiempo. El sábado por la tarde cuida a la cría mientras yo voy a comprar a la ciudad. En el pueblo no se encuentra todo lo necesario.

La interrumpo:

—Ni siquiera hay peluquería. Es una lástima lo que se ha hecho con el pelo. Ese peinado no le favorece en absoluto.

Ella se molesta.

—Eso no le incumbe.

—Tiene razón. Perdóneme. Continúe.

—¿Continuar, el qué?

—Su marido cuida a la niña el sábado por la tarde...

—Cuidar es mucho decir. Se la lleva a su despacho y trabaja a su lado. Si llora demasiado, le da un poco de té que yo dejo preparado. Eso es todo. No la arropa, no la acuna, la deja llorar. Dice que es bueno para los bebés.

Line baja la cabeza, tiene lágrimas en los ojos. Tras unos instantes de silencio, digo:

—Todo esto debe de ser muy difícil para usted.

Ella niega con la cabeza.

—No durará demasiado tiempo. A principios del verano regresaremos.

—¡No!

El grito se me ha escapado. Line dice, extrañada:

—¿Cómo que no?

—Perdóneme. Por supuesto que se marchará. Pero me dolerá su partida.

—¿Y eso por qué?

—Es una larga historia. Se parece usted a una niña a la que abandoné hace quince años.

Line sonríe.

—Ya le comprendo. Yo en tiempos también estuve enamorada de un niño de mi edad. Un día desapareció. Se fue a la ciudad con su madre. Nunca volvimos a verles.

—¿Ni al hijo ni a la madre?

—No, ni al uno ni a la otra. Además, la madre era una mujer de mala vida. Me acuerdo muy bien del día que se fueron, porque atacaron a mi padre al volver a casa aquella noche. Cerca del cementerio, un vagabundo le apuñaló y le robó la cartera. Mi padre consiguió llegar andando a casa, mi madre le curó la herida. Salvó a mi padre.

—¿Y nunca volvió a ver a Tobías?

Line me mira a los ojos.

—No le he dicho que se llamara Tobías.

Seguimos mirándonos fijamente. Yo hablo primero:

—¿Ves?, Line, yo te reconocí enseguida. El primer día que subiste al autobús.

Line se pone más blanca aún que de costumbre, murmura:

—Tobías, ¿eres tú? ¿Por qué te has cambiado el nombre?

—Porque he cambiado de vida. Además, mi nombre me parecía ridículo.

A la mañana siguiente, Line sube al autobús. Se sienta a mi lado, al fondo. Vamos casi solos, hay muy pocos viajeros. Nadie nos mira ni se interesa por nosotros.

Line me dice:

—Le he hablado de usted... de ti a mi marido. A Koloman. Se alegra de que no esté sola en la fábrica. Le he mentido un poco. No le he hablado de tu madre. Le he dicho que eres un primo lejano de la capital y que eres huérfano de guerra. Le gustaría conocerte, le gustaría que te invitase a nuestra casa.

Yo digo:

—No, ahora no. Todavía hay que esperar.

—¿Esperar a qué?

—Esperar a que volvamos a conocernos nosotros.

A mediodía, comemos juntos. Todos los días. Por la mañana, viajamos juntos. Todas las mañanas. También por la tarde.

El fin de semana sufro porque no trabajamos. Le pido permiso a Line para acompañarla a hacer las compras el sábado. La espero en la plaza Principal. La sigo a las tiendas. Le llevo los paquetes. Luego vamos a tomar un café a la taberna de los refugiados. Después Line coge el autobús, vuelve a su pueblo, a su marido, a su hija. Yo no la sigo.

Ya estoy harto de verla acostarse junto a su marido todas las noches.

Me queda por llenar el domingo. Le digo a Line que la esperaré a las tres, todos los domingos, en el puentecito de madera que lleva al bosque. Si puede venir con su hija a pasear, allí estaré.

Todos los domingos la espero y todos los domingos viene.

Paseamos con su hija. A veces, como es invierno, Line llega con la niña metida en un pequeño trineo.

Yo tiro del trineo hasta lo alto de una pendiente, Line y Violette bajan juntas en el trineo, y yo voy a pie a buscarlas abajo.

Así no pasa un solo día sin que vea a Line. Se me ha vuelto indispensable.

Mis jornadas en la fábrica se vuelven jornadas de alegría, mis despertares por la mañana son felices, el autobús es un viaje alrededor del mundo, la plaza Principal es el centro del universo.

Line no sabe que yo intenté matar a su padre, no sabe que mi padre es el suyo. Por tanto, puedo pedirle que se case conmigo. Aquí nadie sabe que somos hermano y hermana, ni la misma Line lo sabe, no hay ningún obstáculo.

No tendremos hijos, no los necesitamos. Line ya tiene una hija y yo detesto a los niños. De hecho, Koloman podrá llevarse a la niña cuando se vaya. Así la niña tendrá abuelos, tendrá un país, tendrá todo lo que necesite.

Yo solo quiero conservar a Line aquí, conmigo. En mi casa. Mi apartamento está limpio ahora.

Despejo la segunda habitación, donde pensaba instalar mi despacho, y monto una habitación infantil por si Line tiene que venir de repente a vivir a mi casa.

Después de comer a mediodía, a veces Line y yo jugamos al ajedrez. Siempre gano yo. La quinta vez que gano, Line me dice:

—Ya está bien que tú ganes en alguna cosa.

—¿Qué quieres decir?

Ella se enfada, dice:

—En el colegio estábamos al mismo nivel. Desde entonces cada uno ha seguido su camino. Yo me he convertido en profesora de lenguas y tú eres un simple obrero.

Le digo:

—Yo escribo. Escribo un diario y un libro.

—Pobre Sándor, si ni siquiera sabes lo que es un libro. ¿En qué lengua escribes?

—En la lengua de aquí. Tú no sabrías leer lo que yo escribo.

Ella dice:

—Ya es difícil escribir en la lengua materna. Así que en otra lengua…

Yo digo:

—Lo intento, eso es todo. Me da igual cómo me salga.

—¿De verdad? ¿Te da igual seguir siendo un obrero toda la vida?

—Contigo no, no me da igual. Sin ti, todo me es indiferente.

—Me das miedo, Tobías.

—Tú también me das miedo, Line.

De vez en cuando, vuelvo a ver a Yolande, el sábado por la noche. Estaba harto de ver acostarse a Line y a su marido en la misma cama, y ahora también estoy más que harto de la taberna.

Yolande cocina cantando, me trae whisky con unos cubitos de hielo, yo leo el periódico. Después comemos, uno enfrente del otro, en silencio. No tenemos gran cosa que decirnos. Después de la cena, si puedo, hacemos el amor. Cada vez puedo menos. Solo pienso en volver cuanto antes para ponerme a escribir.

Ya no escribo en la lengua de aquí historias raras, sino que escribo poemas en mi lengua materna. Estos poemas están destinados a Line, por supuesto. Pero no me atrevo a enseñárselos. No estoy seguro de mi ortografía y me imagino a Line burlándose de mí. En cuanto a su contenido, todavía es demasiado pronto para que lo conozca. Sería capaz de prohibirme compartir mesa en la cantina y anular nuestros paseos del domingo.

Un sábado de diciembre, Yolande me dice:

—Por Navidad iré a visitar a mis padres. Podrías pasar la Nochebuena con nosotros. Hace mucho tiempo que les gustaría conocerte.

—Es posible. Quizá vaya.

Pero el lunes por la mañana Line me dice que su marido le ha propuesto invitarme por Nochebuena.

—Ven con tu novia.

Yo niego con la cabeza.

—Si tuviese novia, no me pasaría los sábados y los domingos por la tarde contigo. Llevaré a un amigo.

A Yolande le digo que me han invitado con Jean a casa de unos compatriotas. Sí, me llevo a Jean, solo por ver la cara que pone el gran físico compartiendo mesa de fiesta con mi inculto amigo campesino…

Pero me equivoco.

Koloman nos recibe con los brazos abiertos. Enseguida consigue que Jean se sienta a gusto llevándoselo a la cocina y ofreciéndole una cerveza.

Yo he observado tanto esa casa desde fuera que me alegra ver por fin el apartamento de cerca. Una habitación da a la calle, otra al jardín y al bosque. Entre las dos, una cocina. No hay baño. Tampoco hay calefacción central, los cuartos se calientan con carbón y los fogones con leña.

Pienso que Line estaría mucho mejor en mi casa que aquí.

Ella está ocupada preparando la mesa en la habitación de delante, donde suele trabajar Koloman. Él ha despejado la mesa y ordenado sus libros.

El abeto está decorado, los regalos están colocados a sus pies. La pequeña juega al lado del árbol, dentro de un parque.

Koloman enciende unas velas y la niña recibe sus regalos. Por supuesto, le dan igual, porque solo tiene seis meses. Yo le he traído un gato de peluche y Jean una peonza de madera que ha hecho él mismo.

Line le da el biberón al bebé.

—Cenaremos cuando la pequeña se haya dormido. Así estaremos más tranquilos.

Koloman abre una botella de vino blanco, lo sirve, levanta su copa:

—¡Feliz Navidad a todos!

Yo pienso que nunca he tenido árbol de Navidad. Tal vez Jean piense lo mismo.

Line acuesta a la niña en la habitación de atrás, luego comemos. Pato con arroz y verduras. Está muy bueno.

Después de la cena, intercambiamos los regalos. Jean recibe una navaja con varias hojas, incluso sacacorchos y abrelatas. Está muy contento. Yo recibo una estilográfica y no sé cómo tomármelo de parte de Line. Me lo tomo un poco mal, como si fuera una broma.

Koloman se vuelve hacia mí.

—Carole me ha dicho que escribes.

Miro a Line, noto calor en la cara, debo de estar sonrojado. Digo, tontamente:

—Sí, pero solo a lápiz.

Para desviar la conversación, enseguida le doy a Line el regalo que hemos traído juntos Jean y yo, un servicio de licor, botella y vasitos. Naturalmente, lo he pagado yo.

Line empieza a quitar la mesa. La ayudo. Calentamos agua, Line lava los platos, yo los seco. Mientras trabajamos, oímos carcajadas procedentes de la habitación. Jean y Koloman se están contando chistes.

Entro en la habitación.

—Jean, tenemos que irnos. El último autobús sale dentro de diez minutos.

Ante Koloman, beso a Line en la mejilla.

—Gracias, prima, por esta velada maravillosa.

Jean besa la mano de Line.

—Gracias, gracias. Salud, Koloman.

Koloman dice:

—Hasta pronto. Ha sido un placer.

Entre Navidad y año nuevo, tenemos una semana de vacaciones en la fábrica. Nada de viajes juntos, nada de comer juntos a mediodía. Antes de las fiestas, había advertido a Line:

—Estaré en el puente todos los días a las tres.

Cuando no hace demasiado frío, voy en bicicleta. Cuando nieva, cojo el autobús. Espero unas horas en el puente, después vuelvo y escribo poemas.

Desgraciadamente, Koloman también debe de tener vacaciones, ya que acompaña a Line en sus paseos con la niña. Entonces yo me escondo detrás de un árbol y, cuando no están a la vista, me voy. Seguro que Line reconoce mi bicicleta.

Line no viene ni una sola vez en todas las vacaciones. No puedo hablar con ella ni una sola vez.

¿Acaso Koloman notó algo durante la cena de Nochebuena?

Ahora prefiero los días de trabajo a los de vacaciones. Me aburro como una ostra. Llamo a casa de Yolande, pero no responde, debe de estar aún en casa de sus padres. No viven demasiado lejos, pero no sé su dirección.

La taberna de los refugiados está cerrada.

Una tarde llamo a la puerta de casa de Paul. Me abre la puerta Kati.

—Buenas tardes, Sándor. ¿Qué quieres?

—Nada especial. Hablar un rato con Paul y contigo.

—Paul no está. Se fue. Desapareció. Quizá volvió a nuestro país, no lo sé. Unos meses después de la muerte de Vera, encontré una carta en la mesa de la cocina. Me decía que amaba a Vera, que estaba enamorado de Vera y que se arrepentiría eternamente de haberse ido de vacaciones conmigo. Decía que Vera le amaba también, que por eso se suicidó cuando nos fuimos los dos de vacaciones, dejándola sola.

Apenas logro murmurar:

—Lo siento muchísimo. ¿Cómo te las arreglas sin Paul?

—Muy bien. Sigo trabajando en el hospital y vivo con un hombre de aquí que no corre el riesgo de enamorarse de mi hermana pequeña, porque está muerta.

Kati cierra la puerta de golpe. Me quedó allí, en el umbral, unos minutos. En su momento pensé que Vera estaba enamorada de mí. Me equivocaba. Estaba enamorada de su cuñado, Paul, el marido de su hermana. Por otra parte, me siento aliviado: Vera, por tanto, no esperaba nada de mí.

El 31 de diciembre acudo al centro de refugiados. Llevo varios kilos de alimentos. Entro en una sala grande. Gente de todos los colores está ocupada decorando la sala, preparando la mesa. Manteles de papel, vasitos y cubiertos de plástico. Por todas partes, ramas de abeto.

En cuanto entro, hay agitación, me rodean, gritan:

—¡Jean! ¡Jean! ¡Es tu amigo!

Jean me conduce hasta el lugar de honor, junto a la cocina.

—¡Qué alegría que hayas venido, Sándor!

Asisto entonces a una gran fiesta celebrada por gentes venidas de países conocidos y desconocidos. Música, bailes, cantos. Los refugiados tienen permiso para festejar hasta las cinco de la madrugada.

A las once, me escapo. Cojo la bicicleta, voy al primer pueblo. Me siento en la linde del bosque. En casa de Line, todas las ventanas están oscuras.

Al cabo de poco, el reloj de la iglesia da las doce. Es medianoche. Empieza un nuevo año. Estoy sentado en la hierba congelada, dejo caer la cabeza en los brazos y me echo a llorar.

Por fin se acaban las vacaciones. Line está conmigo de nuevo casi todo el día. Hasta cuando trabajamos, solo nos separa un piso y puedo ir a verla en cualquier momento.

La primera mañana, en el autobús, Line me dice:

—Perdóname, Sándor, no he podido salir sola de casa. Koloman trabajaba todo el día y, en cuanto empezaba a prepararme para salir con Violette, decía que un poco de aire fresco le sentaría bien a él también.

—Sí, Line, ya os veía. No importa. Afortunadamente, ya se acabó. Todo es como antes.

Line me dice cosas maravillosas:

—Te he echado de menos. Me aburría mucho en casa. Koloman no me ha dirigido la palabra, por así decirlo. Se ha enterrado en sus libros. Ni siquiera cuando paseábamos me hablaba. Entonces yo pensaba en ti. Y estaba triste cuando reconocía tu bicicleta. ¿Y tú qué has hecho durante estos días de fiesta?

—Esperarte.

Line baja los ojos, se sonroja.

Durante la comida, me dice:

—Nunca te he preguntado dónde dejaste a tu madre. Porque os fuisteis juntos, ¿verdad?

—No, yo me fui antes que ella. No sé qué fue de ella.

—La han visto en la ciudad, en la calle. Lo siento, Tobías, pero creo que tu madre ha continuado llevando el mismo tipo de vida que en el pueblo.

—No tenía elección. Pero prefiero olvidar esa parte de mi vida, Line. Aquí nadie sabe de dónde vengo, de dónde he salido.

—Pobre Tobías. Perdóname. Ni siquiera sabes quién es tu padre.

—En eso te equivocas, Line, lo sé perfectamente. Pero es un secreto.

—¿Hasta para mí?

—Sí, hasta para ti. Sobre todo para ti.

—¿Porque le conozco, quizá?

—Sí, porque le conoces, quizá.

Line se encoge de hombros.

—Ya sabes que no me importa que tu padre sea uno de esos campesinos. Ni siquiera me acuerdo de sus nombres.

—Yo tampoco, Line, no me acuerdo ya de sus nombres.

Line y yo ya podemos empezar a hablar del pasado mientras paseamos o durante la comida. Line cuenta:

—El año que te fuiste acabamos la escuela obligatoria. En otoño me fui a la ciudad a casa de una hermana de mi madre. Mi hermano mayor ya estaba en la ciudad, en un internado gratuito. Nos veíamos cada domingo en casa de mi tía. Y mis padres también venían a menudo. Traían comida del pueblo, ya que en la ciudad faltaba de todo, después de la guerra. Dos años después, mi hermano pequeño entró también en el internado gratuito, el mismo donde mi padre quería meterte a ti también. Después los tres fuimos a la capital para acabar los estudios en la universidad. Mi hermano mayor es abogado y el otro médico. Tú habrías podido ser alguien también, si hubieses escuchado a mi padre. Pero decidiste huir y convertirte en un don nadie. Un obrero de fábrica. ¿Por qué?

Le respondo:

—Porque al convertirte en un don nadie puedes hacerte escritor. Además, las cosas se presentaron así, y no de otra manera.

—¿Lo dices en serio, Sándor? ¿Que hay que ser un don nadie para convertirse en escritor?

—Creo que sí.

—Pues yo creo que para ser escritor hay que tener una gran cultura. Además, hay que haber leído mucho y escrito mucho. Uno no se convierte en escritor de la noche a la mañana.

Yo le digo:

—No tengo una gran cultura, pero sí que he leído mucho y he escrito mucho. Para convertirse en escritor, solo hay que escribir. Por supuesto, a veces uno no tiene nada que decir. Y a veces, aunque se tenga algo que decir, uno no sabe cómo decirlo.

—Y, al final, ¿qué te queda de lo que has escrito?

—Al final nada, o casi nada. Una hoja o dos con un texto y mi nombre escrito debajo. Raras veces, porque quemo casi todo lo que escribo. Todavía no escribo lo bastante bien. Más adelante escribiré un libro, no lo quemaré y lo firmaré como Tobías Horvath. Todo el mundo creerá que es un seudónimo. En realidad es mi verdadero nombre, pero tú eres la única que lo sabe, Line, ¿verdad?

Ella dice:

—Yo también tengo ganas de escribir. Cuando vuelva a nuestro país y Violette vaya al colegio, escribiré.

—¿Y qué escribirás?

—No lo sé. Quizá la historia de un gran amor imposible.

—¿Por qué iba a ser imposible ese amor?

Line se ríe.

—No lo sé. Ni siquiera he empezado aún.

—Tu libro será falso.

—Tú no puedes saberlo.

—Sí. Porque no lo sabes todo. Nunca podrás escribir nuestra historia.

—¿Es que tenemos una historia?

—Sí, Line, la tenemos.

—¿Una historia de amor?

—Eso depende de ti, Line. A menos que tengas otra historia de amor imposible.

Ella me dice sonriendo:

—No, no tengo otra. Pero puedo inventarme una.

—No hay nada que inventar. Yo te quiero, Line, y tú también me quieres.

Nos detenemos. Violette duerme en su cochecito. Ya casi es primavera. La nieve se ha fundido, andamos por el barro.

Line mira a su hijita dormida.

—Sí, yo también te quiero, Sándor. Pero está mi marido. Y ella.

—Sin ellos, ¿me querrías por completo? ¿Te casarías conmigo?

—No, Tobías. No puedo convertirme en mujer de un obrero de fábrica, ni seguir trabajando en una fábrica.

Le pregunto:

—Y cuando me convierta en un gran escritor famoso y vaya a buscarte, ¿te casarás conmigo?

Ella dice:

—No, Tobías. En primer lugar, no creo en tus sueños de escritor famoso. Por otra parte, jamás podría casarme con el hijo de Esther. A tu madre la dejaron en el pueblo unos gitanos, unos zíngaros. Ladrones, mendigos. Yo tengo unos padres honrados, cultivados, de buena familia.

—Sí, ya lo sé. Y yo una madre puta, un padre desconocido y no soy más que un obrero. Aunque me convirtiera en escritor, seguiría siendo un inútil, sin cultura, sin educación, un hijo de puta.

—Sí, así es. Te quiero, pero solo es un sueño. Me da vergüenza, Sándor. Me siento mal con mi marido y también contigo. Tengo la impresión de engañaros a los dos.

—Pues es exactamente lo que estás haciendo, Line. Engañarnos a los dos.

Pienso que tendría que decírselo todo para hacerle daño, igual que ella me hace daño a mí, decirle al menos que tengo el mismo padre que ella, cultivado y de buena familia. Debería decírselo, pero no puedo, yo no puedo hacerle daño, no quiero perderla.

El marido de Line debe ausentarse dos días para participar en un congreso.

Le propongo a Line:

—Podríamos vernos por la noche.

Ella duda:

—No quiero que vengas a casa. Y no puedo ir a la

tuya, está demasiado lejos, no debo dejar a la peque-
ña sola demasiado tiempo. Espérame en el puente.
Cuando Violette se duerma, saldré un momento.
Hacia las nueve.

Llego a las ocho. Apoyo la bicicleta en el parapeto
del puente. Me siento, espero, como tantas otras tardes. Podría esperar horas, días si hiciera falta, no tengo nada más que hacer.

Con ayuda de los prismáticos, observo a Line. Entra
en la habitación de atrás, acuesta a la niña, apaga la
luz. Abre la ventana, se asoma, fuma un cigarrillo. No
me ve ni sabe que estoy allí. Espera a que la pequeña
se duerma.

El reloj de la iglesia da las nueve. Llueve.

Poco después, Line está a mi lado. Lleva el pelo
cubierto por un pañuelo, como las mujeres de nuestro
país. Salvo mi madre, que no llevaba ni pañuelo ni
sombrero. Tenía una cabellera magnífica, incluso bajo
la lluvia.

Line se arroja a mis brazos. La beso en las mejillas,
en la frente, en los ojos, en el cuello, en la boca. Mis
besos están mojados por la lluvia y las lágrimas. Reconozco las lágrimas en el rostro de Line, porque son
más saladas que las gotas de lluvia.

—¿Por qué lloras?

—He sido mala contigo, Sándor. Te dije que no me
casaría contigo por tu madre. ¡Pero no es culpa tuya!
Tú no puedes hacer nada. Deberías haberte enfadado
conmigo y decidido no volver a verme nunca.

—Lo he pensado, Line, pero no he tenido fuerzas.
Dependo completamente de ti. Si hubiera decidido no
volver a verte, me habría muerto. No puedo enfadar-

me contigo, aunque me hagas daño. Sé que me desprecias, pero te amo tanto que lo soporto. Lo único que no podría soportar sería que volvieses a casa con Koloman.

—Pues es lo que haré dentro de unos meses.

—Yo no sobreviviré, Line.

Me acaricia el pelo.

—Claro que sobrevivirás, Sándor. Además, solo tienes que volver a nuestro país tú también y podremos seguir viéndonos.

—¿A escondidas? ¿A espaldas de tu marido?

—No hay otra solución. Si me quieres, vuelve con nosotros, quédate conmigo. Nada te lo impide.

—¡Claro que sí! Muchas cosas.

La aprieto contra mí, la beso en la boca durante mucho, mucho rato, mientras nos iluminan los relámpagos, resuenan los truenos, me invade un inmenso calor y eyaculo, apretado contra Line.

La lluvia

Ayer dormí mucho tiempo. Soñé que estaba muerto. Veía mi tumba. Estaba abandonada, cubierta de malas hierbas.

Una anciana se paseaba entre las tumbas. Le pregunté por qué no cuidaba la mía.

—Es una tumba muy antigua —me decía—. Mira la fecha. Ya nadie conoce a quien está enterrado aquí.

Yo miré. Era el año en curso. No supe qué responder.

Cuando me desperté, ya era de noche. Desde la cama veía el cielo y las estrellas. El aire era transparente y agradable.

Andaba. No había nada más, solo la caminata, la lluvia, el barro. Mi pelo y mi ropa estaban mojados, no llevaba zapatos, andaba descalzo. Tenía los pies blancos, su blancura contrastaba con el barro. Las nubes eran grises. El sol aún no había salido. Hacía frío. La lluvia era fría. El barro también estaba frío.

Andaba. Me encontraba con otros peatones. Todos andaban en el mismo sentido. Eran muy ligeros, como si no tuvieran peso. Sus pies sin raíces no se herían nunca. Era el camino de aquellos que han abandonado su casa, que han abandonado su país. El camino no llevaba a ninguna parte. Era un camino recto y ancho que no tenía fin. Atravesaba montañas y ciudades, jardines y torres, sin dejar rastro alguno. Cuando uno se volvía, había desaparecido. Solo había camino delante. A ambos lados se extendían inmensos campos fangosos.

El tiempo se desgarra. ¿Dónde encontrar los descampados de la infancia? ¿Los soles elípticos paralizados en el espacio negro? ¿Dónde encontrar el camino volcado hacia el vacío? Las estaciones han perdido su significado. Mañana, ayer, ¿qué significan esas palabras? Solo existe el presente. En un momento dado, nieva. En otro, llueve. Luego hace sol, viento. Todo eso es ahora. No ha sido, no será. Es. Siempre. Todo a la vez. Ya que las cosas viven en mí y no en el tiempo. Y en mí, todo es presente.

Ayer fui a la orilla del lago. El agua ahora está muy negra, muy oscura. Todas las noches embarcan entre las olas algunos días olvidados. Van hacia el horizonte como si navegasen por el mar. Pero el mar está lejos de aquí. Todo está muy lejos.

Creo que pronto me curaré. Algo se romperá en mi interior o en algún lugar en el espacio. Partiré hacia alturas desconocidas. Solo existe la cosecha en la tierra, la espera insoportable y el silencio indecible.

Vuelvo en bicicleta bajo la lluvia. Estoy feliz. Sé que Line me quiere. Me ha pedido que vuelva a nuestro país al mismo tiempo que ella y Koloman.

Pero no me apetece.

Volver a mi país, ¿para qué?

¿Para ser obrero de una fábrica otra vez? Line ya no estaría en la fábrica, ni en la cantina.

Será profesora en la universidad.

Ya no me reconocerá.

Debe quedarse aquí. Es necesario que se quede. Con su marido, con su hija, me da igual. No quiero que se vaya. Sé que me quiere. Por lo tanto, debe quedarse.

Line se quedará aquí conmigo. Casada o no, con o sin hija, poco importa. Viviremos juntos.

Trabajaremos un tiempo en la fábrica, después yo publicaré libros, poemas, novelas, cuentos, y nos haremos ricos. Ya no tendremos que trabajar, nos compraremos una casa en el campo. Una mujer de cierta edad, amable y buena, se encargará de cocinar y limpiar. Nosotros escribiremos libros, pintaremos cuadros.

Y así pasarán los días.

Ya no tendremos que correr ni que esperar nada. Nos despertaremos cuando ya no tengamos sueño. Nos acostaremos cuando nos apetezca.

Lástima que Line no está de acuerdo.

Está empeñada en volver a nuestro país. No sé por qué. ¡Hay tantos países en el mundo!

Si yo también volviera a nuestro país, no podría evitar ponerme a buscar a mi madre entre todas las putas de todas las ciudades.

Después de nuestro encuentro de anoche, temía qué iba a decir Line. Es tan imprevisible que nunca sé qué esperar.

Al día siguiente por la mañana, sube al autobús y se sienta a mi lado, como de costumbre. Con el brazo izquierdo sujeta a su hija y posa la mano derecha en la mía. Yo no hago preguntas. Viajamos así hasta la fábrica.

Hace buen tiempo. Al mediodía, comemos y después vamos a pasear por el parque. Nos sentamos en un banco. No hay nadie a nuestro alrededor, no hablamos. Ante nosotros, el edificio monstruoso de la fábrica. Más lejos, un paisaje magnífico, como los que aparecen en los folletos turísticos.

Pongo la mano sobre la de Line. Ella no la retira. En voz baja, le recito uno de los poemas que he escrito para ella, en nuestra lengua materna.

—¿Y de quién es?

—Es mío.

—Creo que quizá tengas talento de verdad, Sándor.

Debemos volver al trabajo. Nuestras manos se separan. Pienso que no podré continuar viviendo sin la mano de Line en la mía.

¿Cómo puedo retenerla?

Una noche, en mi buzón, encuentro una carta de Ève:

Hemos encontrado otro traductor de la lengua de tu país. Por lo tanto, ya no nos resultas indispensable. Sin embargo, me gustaría verte algunos minutos en mi casa, ya sabes la dirección. Tus ojos verdes me tienen hechizada… y todo lo demás también. Te espero a partir de las ocho el miércoles y el sábado por la noche. Con mi recuerdo inolvidable,

ÈVE

No contesto. De todos modos, ahora no podría hacerle el amor. Ni a Yolande tampoco. Ya no puedo.

—Casi no comes, Sándor. ¿No te gusta lo que te cocino?

—Cocinas de maravilla, Yolande.

—¿Y qué te pasa, entonces? Pareces un gato famélico. Tus compatriotas te han puesto muy enfermo.

—No te preocupes, Yolande.

Me duermo en el sofá escuchando música. Hacia la medianoche, Yolande me zarandea.

—Te acompaño a casa, Sándor. ¿O quieres quedarte a dormir aquí?

—Gracias, Yolande, creo que me voy a dormir a mi casa. Pero no te molestes, ya iré andando.

Vuelvo a mi casa. Me encuentro a Jean acostado en el suelo de la cocina. Pensando que está borracho, lo zarandeo un poco. Él abre los ojos:

—¿No estoy muerto?

—¿Por qué ibas a estar muerto?

—Porque he abierto el gas.

—Me cortaron el gas hace una semana. Ya no lo pago. La electricidad tampoco. Pronto me la cortarán también. Me he gastado demasiado dinero en ropa de casa, una bicicleta, una linterna, unos prismáticos... ¿Cómo has entrado?

—Estaba abierto.

—Se me habrá olvidado cerrar. Da igual. Ya no queda nada que robar. ¿Por qué te querías morir?

—He recibido una carta. Una carta anónima. Me dicen que no vuelva nunca, porque mi mujer ha encontrado a otro hombre y yo solo le sirvo para enviarle dinero. Mi mujer ya está embarazada del otro. ¿Qué voy a hacer?

—O bien vuelves y recuperas a tu mujer, o bien te quedas aquí y dejas de pensar en ella.

—¡Pero yo quiero a mi mujer! ¡Quiero a mis hijos!

—Pues entonces sigue enviándoles dinero.

—¿Sabiendo que lo aprovechará otro? ¿Qué harías tú en mi lugar?

—No lo sé. Ni siquiera sé qué hacer yo.

—Pero tú eres inteligente. ¿A quién podría pedirle consejo?

—A un cura, quizá.

—Ya lo he probado. No conocen la vida. Dicen que nos resignemos. Que recemos y tengamos confianza. ¿Tienes algo para comer?

—No, nada. He cenado en casa de Yolande. Venga, salgamos.

Vamos a la taberna de costumbre. Ya casi no queda nadie. Con el poco dinero que me queda, invito a Jean a una ensalada de patata.

Cuando acaba de comer, me pregunta:

—¿Debo volver al centro?

—Claro. ¿Dónde ibas a dormir si no?

—En tu casa. En la habitación pequeña, el trastero.

—Ya no hay trastero. He convertido la habitación pequeña en una habitación infantil, para acoger a Line.

—¿Line viene a vivir a tu casa?

—Sí, pronto.

—¿Estás seguro?

—Sí, pero no es cosa tuya. Puedes dormir en la habitación pequeña, en la alfombra. Pero solo esta noche, ni una más.

El autobús llega al primer pueblo. Como de costumbre, la anciana coge el paquete de periódicos. Line sube. Se sienta a mi lado. Me agarra la mano, como siempre desde hace unas semanas, y por primera vez apoya la cabeza en mi hombro. Viajamos así, sin hablar, hasta la fábrica. Cuando llegamos, Line no se mueve. Creyendo que está dormida, la sacudo suavemente. Se cae del asiento. Cojo a la niña en brazos y grito:

—¡Llamen a una ambulancia!

Llevan a Line con la asistenta social de la fábrica, llaman al hospital. Una mujer de la guardería se ocupará de la niña.

Subo en la ambulancia con Line. Me preguntan:

—¿Es usted su marido?

—Sí.

Estrecho las manos de Line entre las mías, intento calentarlas. Durante el trayecto, Line vuelve en sí.

—¿Qué ha ocurrido, Sándor?

—Nada grave, Line. Te has caído.

—¿Y Violette?

—Ya se ocupan de ella. No te preocupes.

Ella sigue preguntando:

—Pero ¿qué me pasa? No me duele nada, me encuentro muy bien.

—Nada grave, seguramente. Una simple indisposición.

Llegamos al hospital. Me dicen:

—Vuelva a su casa. Ya le llamarán por teléfono.

—No tengo teléfono. Esperaré aquí.

Me señalan una puerta.

—Siéntese en esa sala.

Es una salita de espera. Allí solo hay un hombre joven. Parece muy nervioso.

—No quiero verlo. Me obligan a asistir al parto para que vea cómo sufre mi mujer. Pero si lo veo, nunca más podré hacerle el amor.

—Tiene razón, no vaya.

Un poco más tarde, le llaman:

—Venga, ya empieza.

—¡No!

Sale huyendo. Al mirar por la ventana le veo atravesar el parque corriendo.

Espero todavía unas dos horas y después llega un médico joven, sonriendo:

—Ya puede volver tranquilo a casa. Su mujer no está enferma, está encinta, eso es todo. Probablemente saldrá mañana. Venga a buscarla a las dos.

Ayer, al salir del hospital, no volví al trabajo. Anduve por las calles de la ciudad y después, hacia las once, me senté en un parque frente a la universidad.

Hacia el mediodía, Koloman salió del edificio en compañía de una chica rubia. Fueron andando hacia el parque, les seguí. Se sentaron a la terraza de un café. Ya hacía calor, era primavera. Pidieron comida, se reían.

Al ver a Koloman con una chica, me puse celoso. Él no tenía derecho a engañar a Line mientras ella trabajaba. No tenía derecho a llevarse a Line de vuelta a nuestro país, si era capaz de divertirse con otras chicas.

Pensé también en Line agarrándome la mano cada mañana. La víspera, por la noche, había hecho el amor con su marido, de lo contrario no estaría embarazada.

Me levanto, me acerco a la mesa de Koloman.

—¿Tienes un minuto?

Se levanta, molesto.

—¿Qué quieres, Sándor?

—Line está en el hospital. Esta mañana se ha desmayado en el autobús.

—¿Desmayado?

—Sí. La he acompañado al hospital. Te esperan allí.

—¿Y la niña?

—Una de las cuidadoras de la guardería se ocupa de ella hasta que vuelva tu mujer.

—Gracias, Sándor. Iré al hospital enseguida. En cuanto acabe las clases.

No tiene prisa. Acaba de comer tranquilamente y después vuelve a la universidad en compañía de la chica.

Yo vuelvo al hospital. Corro al pie de la cama de Line.

—Su marido vendrá enseguida, en cuanto acabe las clases.

—¿Ya no me tuteas, Sándor?

—Tengo frío, Line, mucho frío. Estoy a punto de perderte. Esperas un segundo hijo de Koloman.

Al día siguiente debo coger de nuevo el autobús e ir a trabajar.

Por la noche, paso frente a la casa de Line para ver si ha vuelto del hospital. No hay luz en ninguna de las habitaciones.

Tres días después, Line sigue sin volver. No me atrevo a ir al hospital ni me atrevo a visitar a Line. No soy su marido, solo soy un extraño para ella. No tengo ninguna relación con ella, salvo que la quiero. Salvo que soy su hermano, pero soy el único que lo sabe.

Al cuarto día llamo al hospital. Me dicen que Line sigue allí, que no saldrá hasta el domingo siguiente.

El sábado por la tarde, compro un ramo de flores. Pienso dejarlo en la recepción para Line, después pienso en su marido, Koloman, y le regalo el ramo a una mujer desconocida por la calle.

El domingo paso el día ante el hospital, escondido entre los árboles del parque. Hacia las cuatro, el cochecito de la asistenta social se detiene en la entrada. Al cabo de poco, Line sale del hospital y se sienta junto a la asistenta.

Koloman no ha ido a buscar a su mujer.

Por la noche, por la ventana, veo a Koloman ante la mesa, como de costumbre, en la habitación de delante. Line se ocupa de la niña en la otra habitación.

El lunes por la mañana, Line sube al autobús. Está más flaca y más pálida que nunca. Se sienta a mi lado, llora. Se aferra a mis manos, a mi brazo.

—Sándor, Sándor.

Le pregunto:

—¿Por qué te has quedado tanto tiempo en el hospital?

Apenas entiendo la respuesta que me susurra al oído:

—He abortado, Sándor.

Me callo. No sé qué decir. No sé si estoy contento o si estoy triste. Aprieto a Line muy fuerte contra mí. Ella dice:

—Por ti. Todo por ti. Koloman creía que era un hijo nuestro, tuyo y mío. Aunque jamás hemos hecho el amor.

—No, Line, jamás. ¿Querías tener ese hijo?

—Sándor, tú no puedes saber lo que sentimos cuando nos quitan a un hijo. Quizá fuese un niño. Y Koloman me ha obligado a deshacerme de él. Ya no quiero a mi marido, Sándor, le detesto. Le odio. Además, seguro que tiene alguna amante en la ciudad. Cada vez llega a casa más tarde. Hemos decidido que en cuanto volvamos a nuestro país pediremos el divorcio.

Yo digo:

—Entonces deja que Koloman vuelva solo y quédate conmigo. Puedes venir a mi casa esta misma noche, con tu hija, todo está preparado, la habitación infantil, nuestra habitación, hay todo lo necesario, incluso juguetes.

—¿Tienes una habitación infantil en tu casa?

—Sí, Line. Hace mucho tiempo que te espero. Más adelante te daré un niño, Line. Y todos los niños que quieras.

—Y los llevaremos a la guardería mientras trabajemos.

—¿Por qué no? En la guardería serán felices. Tendrán juguetes, compañeros, amigos.

—Pero no tendrán familia. Aquí nunca tendrán familia. Ni abuela, ni abuelo, ni tíos, ni tías, ni primos.

—Evidentemente, no se puede tener todo. Cuando uno abandona su país, debe adaptarse a todo. Pero si me quieres, lo aceptarás.

—Yo te quiero, Sándor. Pero no tanto como para quedarme.

—Si volviera a nuestro país contigo, ¿te casarías conmigo?

—No, no, lo siento, Sándor, no lo creo. ¿Cómo iba a presentarte a mis padres? Este es Tobías, mi marido, el hijo de Esther.

—Mentiremos. No me reconocerán.

—¿Mentir? ¿Toda la vida? ¿A mis padres? ¿A nuestros hijos? ¿A todo el mundo? ¿Cómo te atreves a proponerme algo así?

Estoy solo en mi casa. Miro la habitación infantil, los juguetes, las sábanas de seda que había comprado para Line.

Ya no hay nada que hacer. Lo he probado todo. La impotencia es el sentimiento más terrible que existe. No puedo hacer otra cosa que beber una cerveza tras otra, fumar un cigarrillo tras otro, quedarme sentado sin pensamientos, sin deseos.

Todo ha terminado. Line jamás vendrá a mi casa. Dentro de poco se marchará con un hombre al que no ama. Creo que será desdichada, que nunca amará a otro hombre aparte de a mí.

Más tarde voy a la cocina para comer algo. Saco un trozo de tocino de la nevera. Cojo una tabla de cortar y un cuchillo para cortar el tocino.

Corto dos trozos, después me detengo. Miro el cuchillo que tengo en la mano. Lo limpio, me lo meto en el bolsillo interior de la americana. Me levanto, salgo de casa, monto en la bicicleta.

Pedaleo con rabia. Sé que estoy loco. Sé que no arreglaré nada, pero debo actuar, debo hacer algo. Ya no tengo nada que perder y Koloman merece la muerte.

Debe ser castigado por haber obligado a su mujer a deshacerse del hijo que llevaba y del cual era el padre. Habría preferido que el niño hubiese sido mío. Pero no era el caso.

A las ocho de la noche, estoy frente a la casa de Line. En la habitación de delante no hay luz. Line debe de estar en la cocina o en la otra habitación con Violette.

Las calles están vacías. Ni un solo transeúnte. Me siento en unos escalones, espero.

Koloman llega hacia las once, en el último autobús. Le corto el paso ante su puerta.

—¿Qué quieres, Sándor?

—Castigarte por lo que le has hecho sufrir a Line. Era un hijo tuyo, Koloman, no mío.

Intenta apartarme.

—¡Pedazo de imbécil, lárgate!

Saco el cuchillo de la americana y se lo clavo en el vientre. No consigo retirarlo. Koloman se retuerce en torno a la hoja, se desploma. Lo dejo allí, en el suelo. Cojo de nuevo la bicicleta. Huyo, con sus atroces alaridos en los oídos.

Me acuesto en la cama, espero a la policía. He dejado la puerta abierta. La noche transcurre así, no puedo dormir. Sin embargo, no tengo miedo. Prisión o fábrica, me da lo mismo. Al menos Line se habrá librado de ese tipo.

Por la mañana, la policía todavía no ha llegado. La que llega es Line, hacia las nueve. Es la primera vez que viene a mi casa. Se sienta en la única silla.

Le pregunto:

—¿Ha muerto?

—No. Está en el hospital. Y, en cuanto salga, dentro de unos días, nos marcharemos. Los vecinos acudieron al oír los gritos, llamaron a una ambulancia. La herida es superficial.

No digo nada. Pienso que ni siquiera soy capaz de matar a alguien.

Ella sigue:

—Koloman no ha presentado cargos contra ti. Con

una condición: que le deje a Violette después del divorcio. He tenido que firmar un documento. Ha declarado que le agredió un desconocido.

—No deberías haberlo firmado, Line. No me importa que me encarcelen.

—Quería ahorrarte la cárcel porque te quiero, Sándor. Más de lo que tú me quieres. Si realmente me quisieras, te habrías marchado muy lejos de aquí y yo te habría olvidado.

—Yo no, Line. Yo jamás te habría olvidado.

—Habrías conocido a otra mujer.

—Ninguna habría sido como tú, no habría sido Line.

—Me llamo Caroline. Line es una de tus invenciones. Todas las mujeres de tu vida se llaman Line.

—No, solo tú. Ya que lo has perdido todo, quédate aquí conmigo.

—¿Aún insistes? Creo que estás loco, Sándor. No me has traído más que desgracias. Me has destrozado la vida. He perdido dos hijos por tu culpa. No quiero volver a verte jamás. Quiero vivir en el mismo país que mi hija. Adiós, Tobías.

Se levanta. Sale. Cierra la puerta.

No le he dicho que soy su hermano.

No le he dicho que intenté matar a nuestro padre.

En cuanto a mi vida, se puede resumir en pocas palabras: Line vino y luego se marchó otra vez.

Para mis adentros le digo:

—En nuestra infancia ya eras fea y mala. Pensaba que te quería. Me equivocaba. ¡No, Line, no te quiero! Ni a ti, ni a nadie, ni a nada, ni a la vida.

Los viajeros del barco

Tengo la impresión de que el cielo se prepara para la lluvia. Tal vez haya llovido mientras yo lloraba.

Sin duda. Encima de mis palmas, el aire ha ido tomando color y, junto a las nubes negras, el azul es transparente.

El sol sigue ahí, a la izquierda, a punto de caer. Las farolas hunden sus raíces al borde de la carretera.

En la noche desequilibrada, un pájaro magullado alza un vuelo oblicuo, pero, desesperado, vuelve a caer a mis pies.

—Antaño era grande y pesado —me dice—. La gente tenía miedo de mi sombra, que al atardecer caía sobre ellos. Yo también tenía miedo cuando caían las bombas. Volaba muy lejos, y una vez pasado el peligro, volvía y planeaba durante mucho rato por encima de los cadáveres.

»Me gustaba la muerte. Me gustaba jugar con la muerte. Encaramado en la cima de las montañas oscuras, cerraba las alas y, como una piedra, me dejaba caer.

»Pero nunca llegaba al final.

»Seguía teniendo miedo. Solo me gustaba la muerte de los demás.

»No aprendí a amar mi propia muerte hasta más tarde, mucho más tarde.

Cojo el pájaro en brazos, lo acaricio. Sus alas libres están rotas.

—No regresará ninguno de los amigos humillados —dice—. Vete a la ciudad. Allí todavía hay luz. Una luz que volverá pálido tu rostro, una luz que se parece a la muerte. Ve donde la gente es feliz, porque no conocen el amor. Están tan satisfechos que ya no se necesitan los unos a los otros ni a Dios. Por la noche cierran la puerta con doble vuelta de llave y esperan con paciencia a que pase la vida.

—Sí, ya lo sé —le digo al pájaro herido—. Hace años, me perdí en una ciudad. No conocía a nadie. Así que me daba igual dónde estaba. Habría podido ser libre y feliz, ya que entonces no amaba a nadie.

»Me detuve en la orilla de un lago negro. Pasó una sombra que me miró fijamente. ¿O acaso era un poema que yo repetía sin cesar, acaso era música? No lo sé, intento acordarme en vano. Estaba asustado. Hui corriendo.

»Tenía un amigo. Hace siete años, se mató. No puedo olvidar el calor de los últimos días de verano ni los llantos sin esperanza de los bosques bajo la lluvia.

—Pero yo —dice el pájaro herido— conozco campos maravillosos. Si pudieras alcanzarlos, ignorarías tu corazón. Allí no hay flores, las hierbas ondean como banderas, esos campos felices no tienen límite. Bastará que digas: me gustaría descansar, tierra de la paz.

—Sí, ya lo sé. Pero pasará una sombra. Un cuadro, un poema, una melodía.

—Entonces vete a la montaña —dice el ave— y déjame morir. No puedo soportar tu tristeza. Tristeza de los gestos, de los saltos de agua color ceniza, tristeza del alba caminando por campos fangosos.

En la montaña se reunieron los músicos. El director de orquesta replegó sus alas negras y los demás empezaron a tocar.

Su barco navegaba sobre las olas de la música, las cuerdas flotaban al viento.

Los dedos ganchudos del mayor de todos se hundieron en la madera. Los otros cuatro se quitaron la ropa, se les tensaron las costillas, se les doblaron las rodillas, en sus arterias bailoteaban arañas negras.

En el valle resonaba aún el sol, sencillas casas grises pacían la hierba del prado cuando el músico más fuerte que, soñador, se paseaba por los trigales, se arrodilló en la colina. Y en el fondo del barco cantó el más feliz de todos.

Los otros no vieron las muletas del sol impotente. Un cuadro se llenó de los colores del cielo. En los ojos se iluminaron las estrellas del porvenir.

Entonces los hombres del barco tomaron a sus muertos sobre los hombros, volviendo la mirada por última vez hacia tierra.

Dos años después de la partida de Caroline nació mi hija Line. Un año más tarde nació mi hijo Tobías.

Los llevamos a la guardería por la mañana. Vamos a recogerlos por la tarde.

Mi mujer, Yolande, es una madre ejemplar.

Yo sigo trabajando en la fábrica de relojería.

En el primer pueblo no se sube nadie al autobús.

Ya no escribo.

«El corazón, si pudiese pensar, se pararía.»
FERNANDO PESSOA

«Despertó en mí una fría y cruel pasión. (...) Un libro
con el que descubrí qué tipo de persona quería
ser realmente.»
Slavoj Žižek

«Contando la historia de los temibles hermanos
Claus y Lucas, Kristof disecciona la condición
humana.»
Fran G. Matute (El Cultural)